BIBLIOTHÈQUE NORDIQUE

UN COUP DE TÊTE

Sigrún PÁLSDÓTTIR

UN COUP DE TÊTE

Traduit de l'islandais
par Éric Boury

Éditions Métailié
20, rue des Grands Augustins, 75006 Paris
www.editions-metailie.com
2023

Retrouvez-nous sur les réseaux sociaux :

Titre original : *Delluferðin*

Published by agreement with Forlagið, www.forlagid.is

ISBN : 979-10-226- 1239-5

Le bruit montait du salon. Des sonorités étranges. Un instant, ne comprenant pas un mot des paroles échangées, je crus que je rêvais. Puis j'entendis les ronflements discrets de grand-mère à mon côté et je compris que j'étais éveillée. Je me redressai dans le lit pour enjamber son corps frêle, me faufilai à travers la grande pièce commune sous les combles et m'allongeai sur le sol, le visage tourné vers la cage d'escalier. À travers la fumée de tabac qui flottait dans la pièce, je distinguais un homme d'âge mûr assis sur le canapé à côté d'une jeune femme. Il portait une veste brune et un foulard bleu, elle, un manteau vert et un chemisier clair orné d'un col en dentelle à la racine de son cou gracile, sous son menton. Le vieux Magnus était assis sur le tabouret en face des invités tandis que Gudlaug, debout, la cafetière à la main, remplissait les tasses. Mon père était installé dans le fauteuil sous la fenêtre et ma mère sur le coffre juste à côté, légèrement à l'écart de la fumée et du monologue du visiteur, interrompu par une remarque de la jeune femme au col en dentelle qui montra sa tasse du doigt. Elle semblait s'adresser à ma mère qui hocha la tête avec un sourire. Mais ce sourire ne m'était en rien familier, en réalité maman, adossée au mur du salon, avait un air étrange et le dos étonnamment voûté. Elle se redressa légèrement tandis que mon père prononçait quelques mots dont je compris qu'ils étaient la réponse aux questions de l'étrangère. Puis les invités se levèrent, ils prirent congé, et Magnus et mon père les raccompagnèrent à la porte. Voilà qui me permit de mieux distinguer les vêtements de la jeune femme, son ample robe longue qui s'évasait en partant de sa taille de guêpe et tourbillonnait sur son passage tandis qu'elle avançait dans le salon. Je me relevai, enjambai à nouveau grand-mère et fis semblant de dormir quand maman vint me caresser la joue. Elle me posa l'index sur le bout du nez et comprit que je ne dormais pas.

Le lendemain matin, personne ne fit état de la visite de la veille et je ne posai aucune question. Je n'éprouvais d'ailleurs pas le besoin d'en savoir plus. Le souvenir de ces senteurs exotiques me suffisait amplement, de même que l'image des hôtes dont la présence semblait avoir agrandi l'espace de notre salon. Je ne passais cependant pas le plus clair de mon temps à penser à ces étrangers élégants et, en réalité, j'avais presque oublié leur visite un jour que j'aidais ma mère à faire le ménage, jour où je découvris une image pleine de couleurs posée au sommet de la pile d'enveloppes que mon père n'avait pas ouvertes sur son bureau. C'était une carte postale. Je reposai mon chiffon pour l'examiner en la prenant à deux mains :

Le soir tombait sur une grande ville, les rues blanchies renvoyaient la lumière et des flocons étrangement épais descendaient vers la terre. Une petite fille entraînait sa mère vers la devanture d'un magasin pour lui montrer un grand renne, un homme en haut-de-forme noir, vêtu d'un manteau à col de fourrure, portait un paquet volumineux et tenait sa femme par la main. Derrière eux, un adolescent traînait un gros arbre de Noël et, de l'autre côté de la rue, des garçons faisaient des boules de neige pour les lancer sur le fiacre noir vernissé qui passait. Chacun avait une foule de choses à faire, mais se retrouvait figé dans sa course. Tous, sauf la jeune femme dans le coin à droite, qui semblait s'être immobilisée juste avant cet instant, et dont on ignorait si elle s'apprêtait à traverser la rue ou à continuer son chemin sur le trottoir. Vêtue d'un manteau bleu marine et d'un élégant chapeau rouge, elle protégeait ses mains du froid dans un manchon en cuir brun qu'elle serrait contre elle.

Son visage était plus net que les autres détails de l'image : elle semblait perdue.

J'étais en train de me demander si elle était seule quand je sentis tout à coup la présence de ma mère derrière moi. Elle pencha la tête et posa le menton sur mon épaule pour regarder la carte. Du coin de l'œil, je la vis sourire en disant que ce courrier arrivait avec un certain retard. Puis elle se redressa et se remit au travail. Je retournai la carte adressée à Brandur Johnson. En haut, à droite, on lisait : New York, le 15 décembre 1879. L'écriture avait quelque chose de brouillon et, évidemment, je ne comprenais rien. Mais je pensais connaître l'expéditeur de cette carte.

Plus tard dans la journée, face à mon insistance, mon père consentit à me l'offrir. Je la rangeai dans le coffre que j'avais au pied de mon lit, où je pouvais la prendre quand j'avais du mal à trouver le sommeil après ma lecture du soir. Et, même au plus noir de la nuit de l'hiver 1880, je parvins encore à voir l'image en la maintenant assez longtemps devant mes yeux. Plongée dans les ténèbres, je distinguai en réalité des détails que je n'avais pas remarqués auparavant : au fond d'une étroite ruelle tapissée de neige, deux hommes chaudement vêtus se tenaient l'un face à l'autre en grande conversation. Plus je scrutais la carte, plus il me semblait que toute leur attention se concentrait sur la jeune femme au chapeau rouge. Désormais, j'avais l'impression que le désespoir qui envahissait son visage s'expliquait par le poids de leur regard, elle cherchait à savoir si elle devait se mettre à l'abri, ou si ce poids s'évanouirait.

Ma main retomba. La carte atterrit sur la couette et, aussitôt, la jeune femme au chapeau rouge traversa la rue, enjambant le MERRY CHRISTMAS *en grandes lettres dorées en haut à droite de l'image, avant de s'échapper du cadre. Au même moment, les deux hommes se mirent en route et lui emboîtèrent le pas. Ils ne couraient pas, mais franchirent la chaussée à grands pas, traversèrent brutalement le Joyeux Noël, s'évanouissant lorsque j'entendis les craquements de l'escalier. Je sursautai et, dans ma torpeur, j'eus l'impression de voir grand-mère s'approcher du lit en boitant. Allongée, les yeux fermés, je cherchai la carte à tâtons et la glissai sous la couette. Grand-mère se coucha, je me tournai de l'autre côté. Et avant que ses ronflements discrets ne parviennent à m'enfermer dans le monde exigu de la pièce que nous partagions sous les combles, je m'engouffrai en chemise de nuit dans l'étroite ruelle où je suivis sur la neige blanche les deux hommes et la jeune femme qu'ils avaient prise en chasse.*

I

Fin de réception à Reykjavik. Mars 1897

– Quant à cette boucle de ceinture finement ornementée, elle a souhaité l'acquérir pour la somme de quinze mille dollars américains. Auprès de sa propriétaire, une jeune Islandaise dénommée Branson. Miss Selena Branson.

Le Gouverneur se lève de son fauteuil et s'avance vers la fenêtre du salon. Il regarde le vol suspendu des flocons et la place Lækjartorg toute blanche de neige qui apporte un peu de lumière à la nuit sans fond :

– Eh bien, je vous demande, mes chers amis, s'il ne s'agit tout simplement pas là de Sigurlina Brandsdottir, la fille de Brandur Jonsson l'Érudit, le copiste de Kot dans le Skagafjördur.

Alors ça, c'était la cerise sur le gâteau ! Et ladite cerise laissait les invités du plus haut représentant du roi en Islande plus que dubitatifs. "Quelle absurdité !" tonna le Juge ; "Seigneur, non !" s'écria le Pasteur ; "Le petit bouchon de Brandur ?" se récria le Préfet ; "Le tout petit bouchon", ricana le Poète ; "Un bouchon ?" claironna l'Historien ; "Quinze mille dollars ? s'étrangla le Trésorier du roi. Comment un objet aussi petit et aussi vieux pourrait-il avoir une telle valeur ? Une somme qui correspond à la quasi-totalité des réserves de la Banque nationale d'Islande ?"

Mais le septième invité, le Rédacteur en chef aussi svelte que bel homme, n'a aucune réaction. Il est assis légèrement à l'écart, tout près du mur, penché en avant, le regard concentré sur un détail du tapis d'Orient tissé main qui recouvre le parquet de ce salon d'apparat. Il essaie de se remettre en mémoire le visage d'une jeune fille, mais ne voit rien d'autre qu'un corps gracile enveloppé d'une robe aérienne retenue à la taille par une ceinture ornementée, une jolie poitrine sur laquelle retombent de fines mèches blondes et un col carré brodé au fil d'or dessinant un motif grec. Un ruban noir autour du cou et un bandeau doré sur la tête. Enfin, son visage lui apparaît. Il voit d'abord des lèvres fines qui esquissent un sourire, un nez élégant, légèrement épaté, puis des narines. La jeune fille les pince, comme pour essayer de retenir un rire, de maîtriser son énergie et sa vigueur. Ses yeux sont dissimulés derrière un masque noir, mais il les voit tout de même. Bleu d'eau derrière leurs paupières lourdes, soulignés de légers cernes. Un regard enjôleur qui le rend fou de désir, si bien qu'il sursaute, murmure le nom de Sigurlina, se redresse et se rend compte que tous le fixent d'un air inquisiteur : le Gouverneur, le Juge, le Pasteur, le Préfet, le Poète, l'Historien, le Trésorier du roi. Était-il censé dire quelque chose ?

Le jeune homme recule et s'adosse à l'épais mur de cette ancienne prison au plafond bas devenue résidence officielle, bâtiment que certains qualifient de bicoque. Le Rédacteur a presque disparu derrière la plante tropicale chétive installée contre la paroi, au plus près de la porte laquée de blanc par laquelle on accède au salon. De l'autre côté du battant, l'oreille collée au bois, se trouve la servante, une grande femme imposante. Elle tient d'une main une carafe vide, son autre main plaquée sur la bouche. Voyant que les invités du Gouverneur n'ont plus aucun commentaire à faire sur l'histoire qu'il vient de raconter et qu'ils ne semblent guère désireux de répondre à sa question, elle recule lentement mais résolument. Puis elle longe le couloir, le pas rapide et décidé, et entre dans la cuisine. Elle repose la carafe en cristal, se débarrasse de son tablier et de sa coiffe, se dirige vers le vestibule et la porte de service, prend son manteau, le boutonne, et jette son châle sur ses épaules. Elle ouvre la porte d'un geste véhément. Un mur de neige qui lui monte jusqu'aux cuisses obstrue l'ouverture, mais qu'importe, elle sort et le traverse avec une telle énergie que la poudreuse virevolte devant elle. Elle s'avance à grandes enjambées vers le muret en pierre qui entoure la maison et le franchit lestement.

À petits pas, levant bien haut les jambes dans l'épaisse couche de neige, elle descend la rue Bankastræti. Lorsqu'elle atteint Austurstræti, en passant devant la demeure du Trésorier du roi, elle perd presque l'équilibre et laisse échapper un tout petit cri toutefois assez puissant dans la quiétude glaciale de Reykjavik pour faire sursauter la jeune fille à la fenêtre, qui se pique le doigt avec son aiguille, assise dans l'élégant fauteuil où elle brode au fil d'or des pantoufles vertes. La demoiselle se lève et pousse la petite lampe à pétrole sur le côté. Elle plaque son visage pâle à la vitre et ôte son index de sa bouche : "Eh bien, il y a des gens rudement pressés", commente-t-elle, mais la servante du Gouverneur a déjà disparu, d'un pas vif, vers l'ouest de la ville. Et elle avance sans la moindre hésitation, elle accélère jusqu'à l'angle de la rue Adalstræti où elle tombe nez à nez avec deux chevaux affolés qui se cabrent, la font trébucher et atterrir de tout son long dans la congère. Une porteuse d'eau coincée dans la neige devant l'hôtel Islande hurle quelques paroles acerbes bien qu'incompréhensibles, puis se fraye un chemin vers l'accidentée à qui elle tend sa main bleue et gonflée. La servante la repousse et se relève sans son aide. Elle s'ébroue pour se débarrasser de la neige avant de reprendre sa route. Et elle allonge encore le pas, c'est presque une course qu'elle achève en rampant pratiquement dans la poudreuse. C'est qu'elle n'a pas une minute à perdre. Elle doit arriver au plus vite chez Brandur, à Brandshus. Tant que l'histoire de la petite Lina Branson, avec tous ses détours, ses rebondissements, ses ellipses et ses merveilles, est encore claire dans son esprit.

Partie de campagne. Fin d'été 1896

Tôt le matin, on frappa vigoureusement à la porte de Brandur. Silvia Popp était affolée. Elle faisait de grands moulinets de bras. Il fallait qu'on l'aide à préparer le pique-nique. La collation était destinée à des Américains qui devaient quitter la ville avec son père pour aller explorer la vallée de la rivière Ellidaa une demi-heure plus tard. Sussi Thordarsen lui avait fait faux bond au dernier moment, sans lui laisser le temps de se retourner. Silvia interpréta donc le large sourire de sa chère Lina comme un assentiment, puis repartit en toute hâte vers le centre. Sigurlina sortit pour suivre du regard son amie qui descendait au pas de course la rue Stigur, elle agitait frénétiquement la main, sachant pourtant que Silvia ne la voyait pas. Elle referma la porte, s'y adossa, le sourire encore aux lèvres. Puis, sur le point de monter s'habiller, elle s'arrêta à la porte du salon, fit volte-face et son regard tomba sur la table de la cuisine où reposaient les gigots de mouton de Gudmundur. "Bon sang", murmura-t-elle, jetant aussitôt la viande dans la remise et se rappelant soudain tout ce qu'elle avait encore à faire. Le linge sale, les galons pour la veste de Thordis, le sol de la cuisine et toute la pile de papiers accumulés sur le bureau de son père. Papiers parmi lesquels se trouvaient deux lettres en anglais qu'elle devait mettre au propre et qui devaient partir le lendemain. Puis elle se dit que cela pouvait attendre, elle devait sortir. Sortir de la ville et rencontrer ces étrangers.

Environ quinze minutes plus tard, elle avait enfilé sa tenue d'équitation et se trouvait dans le bureau de son père, un petit papier à la main. Elle le déposa sur la table de travail, se gardant d'envisager sa réaction et préférant penser à sa mère dont c'était l'anniversaire du décès. Puis elle quitta la maison, descendit vers le centre, elle courait presque lorsqu'elle atteignit la rue Adalstræti. Un étranger aviné lui lança des jurons, mais elle n'y prêta guère attention car, au même instant, elle aperçut Jon Jonsson, le Rédacteur en chef, qui marchait dans la rue Austurstræti, en direction de l'ouest de la ville. Si beau et si profondément plongé dans ses méditations. Elle se demanda d'où il venait en cette heure matinale, mais resta de l'autre côté de la rue et baissa les yeux lorsqu'ils se croisèrent, préférant ne pas lui dévoiler sa destination.

En quittant la rue Austurstræti, elle vit devant la boutique du marchand deux hommes occupés à seller des chevaux, Silvia et son père étaient également présents. Bientôt arrivèrent trois robustes gaillards, rejoints presque aussitôt par deux jeunes femmes magnifiques vêtues de vestes cintrées et de robes en tissu épais. Sigurlina passa une main sur sa tenue, elle lui semblait bien banale et imparfaite, trop ample et confectionnée dans un tissu trop fin. On aurait dit un sac enveloppant son corps maigrelet et chétif. Mais elle avait mieux à faire que d'y penser puisque le marchand Popp donnait ses ordres, et qu'on installait les chevaux en ordre de marche. Tous étaient en selle et bientôt l'expédition quitta la place, franchit le pont et prit la direction de l'est, accompagnée des questions que les Américains posaient à Popp et au petit Pétur sur telle ou telle chose qui piquait leur curiosité en chemin. Le plus loquace, M. Watson, grossiste américain, parlait au nom du groupe. Le propriétaire du navire qui avait amené ces visiteurs en Islande était M. Wilson, un quinquagénaire à l'air bonhomme comme son ami Watson. Le troisième homme, M. Johnson, bien plus jeune, se montrait aussi bien moins loquace. L'une des femmes était l'épouse de

Wilson, l'autre s'appelait Mlle Baker. Sigurlina ignorait les liens qui unissaient ces gens.

C'étaient les Américains qui ouvraient la marche. À travers le nuage de poussière soulevé par les sabots, elle observait les deux femmes de dos, leurs chapeaux exotiques, les rubans de soie qui pendaient à l'arrière avant de leur retomber sur les reins, entre leurs sacoches, si imposants qu'elles semblaient avoir une taille de guêpe. Leurs corps tressautaient sur la selle au gré des cahots du chemin tout en terre et en pierres. Peu à peu, le petit groupe s'éloigna du centre. Sigurlina en profita pour se confectionner mentalement une tenue de cavalière flambant neuve, en velours et en laine.

Arrivés au sommet de la colline de Skolavörduholt, ils prirent la direction de celle d'Öskjuhlid et continuèrent vers le nord, longeant la colline de Bustadaholt. Lorsqu'ils atteignirent leur destination, il faisait chaud, le soleil était haut dans le ciel. Ils s'arrêtèrent à côté de la cascade Kermoarfoss. Les étrangers observèrent les alentours tandis que Sigurlina et Silvia s'affairaient et sortaient les victuailles du coffre. Elles étendirent un linge immaculé dans l'herbe, sortirent le café et installèrent la collation sur la nappe, du pain, des gâteaux et un peu de viande ; des tranches de saucisse roulée au mouton et aux herbes. Les Américaines s'installèrent par terre et picorèrent tels deux petits oiseaux sous leurs ombrelles, puis ne tardèrent pas à se lever pour remonter ensemble la rivière. Et, bientôt, les hommes s'en allèrent également avec Popp et Pétur.

Après avoir tout rangé, Silvia redescendit en ville. Sigurlina s'installa sur l'herbe et sortit son ouvrage. Les galons pour la veste de Thordis. Le fil d'or scintillait joliment au soleil brûlant, mais elle avait si chaud sous ses jupons qu'elle brûlait d'envie de les relever. Puis, brusquement, le soleil disparut. Elle regarda devant elle et vit de grands orteils blancs dans l'herbe. “Bonjour !” lança une voix profonde avant de laisser éclater un rire. Elle leva les yeux. Celui qui avait le plus pris la parole pendant le trajet se tenait face à elle. M. Watson, grand et large, avec sa barbe fournie et ses cheveux bruns. Venu en Islande, disait-il, pour prendre du bon temps avec quelques amis. Il s'accroupit et se trouva si près d'elle que c'en était gênant. Il voulait toucher de son gros index les fleurs dorées que Sigurlina brodait sur le ruban de velours noir. "Un trésor. C'est à vendre?" murmura-t-il. Sans même attendre la réponse de Sigurlina, il se releva, caressa sa barbe et regarda le ciel : "L'Occident est obsédé par les ruines et les objets antiques. Et ce n'est pas nouveau." Puis il fit un pas de côté, s'allongea dans l'herbe, les mains sous la nuque, et prit une profonde inspiration. "Les musées et les cabinets des collectionneurs privés sont remplis de vestiges anciens, de marbres grecs et romains de toutes formes et de toutes tailles, de vases, de coupes et de statues." Watson leva un bras et tendit son index vers le ciel : "Nous nous passionnons pour ces vestiges, et ils finiront par éveiller l'intérêt pour d'autres cultures, plus lointaines et particulières. Comme la culture islandaise!"

Sigurlina ne voyait pas vraiment comment réagir aux déclarations solennelles de cet homme, mais, alors qu'elle avait enfin rassemblé quelques mots dans sa tête pour lui donner un semblant de réponse, les autres membres du groupe les rejoignirent. Le plus jeune, M. Johnson, s'avança vers Watson en gloussant et lui donna une pichenette sur l'épaule du bout de sa chaussure. Watson feignit d'être endormi.

Le retour fut rapide. En descendant de sa monture devant le domicile du commerçant sur la place Lækjartorg, Watson prit congé de Sigurlina en lui promettant de passer à son domicile le lendemain pour lui acheter des produits de fabrication islandaise.

Le but de l'excursion était atteint. Tout en rentrant chez elle entre chien et loup, elle passa mentalement en revue le contenu de son coffre : des galons brodés, deux promis à Thordis et presque terminés, une pièce en lin, des galettes de chaise, des coussins pour canapé, un étui à épingles. Des chaussettes en laine ? Oui, Watson en avait parlé, si elle avait bien compris. Elle avait également des gants en quantité. Mieux valait vendre tout cela à des étrangers, plutôt que de passer son temps à tricoter pour les gens de la ville. Quoi d'autre ? se demanda-t-elle en entrant dans la maison. Elle passa de la cuisine au salon d'où elle aperçut son père par la porte entrouverte du bureau. Elle se débarrassa de ses vêtements. Il remarqua qu'elle était rentrée, mais ne prit pas la peine de lever la tête, et l'entendit monter l'escalier. Brandur était cette éternelle présence lointaine.

Elle se mit immédiatement à fouiller parmi ses affaires, plongée dans sa malle, elle secouait, étendait, tapotait et caressait les ouvrages qu'elle avait confectionnés. Puis elle entra tout entière dans le coffre, ferma les yeux et se vit disposer tous ses travaux d'aiguille sur la grande table du salon. À ce moment-là, son père serait parti au musée des Antiquités installé dans le grenier du Parlement, où il passait son temps au milieu de son fatras à répertorier les trouvailles qu'on lui apportait et qu'il s'efforçait d'exposer pour les voyageurs étrangers. Elle tendit le bras vers son livre, mais avait du mal à se concentrer. Du bruit arrivait par la fenêtre. La maison voisine était le théâtre d'une altercation avinée. Le couple qui l'habitait se disputait. Il y avait quelque temps, l'épouse avait mordu si fort son mari qu'elle lui avait presque arraché un doigt, aujourd'hui c'était elle qui hurlait sous ses coups. Sigurlina se boucha les oreilles et regarda le portrait de sa mère accroché au mur au-dessus de son lit : un visage apaisé, la douceur incarnée.

Tout à coup le silence revint, elle se retrouva comme projetée d'un bond à l'époque où le visage du cadre emplissait son univers. Elle n'en conservait que des instantanés :

elle-même se bouchant les oreilles devant le hangar à la naissance de son petit frère, allongée sous une couverture avec sa mère qui lui lisait des contes, cousant avec elle une petite robe pour sa poupée, apprenant à lire, étalant de la confiture dans la pénombre sur de la génoise très fine pour en faire un gâteau à étages, scrutant une carte de Noël arrivée de l'étranger au beau milieu de l'été, jouant au Pouilleux avec sa grand-mère, sa grand-mère morte à côté d'elle dans le lit, un homme recouvert d'une étoffe noire, une explosion et un éclair si violents qu'elle n'osait pas bouger et franchir le linge blanc suspendu à la porte de la ferme, ni rêver de l'avenir qui débuterait par un long voyage vers Reykjavik en 1884. Elle avait alors quatorze ans. Elle se souvient de tout depuis le moment où elle a quitté son enfance à cheval, laissant derrière elle la ferme et la vallée, traversant l'impétueuse rivière Heradsvötn, arrivant à la ferme de Vidimyri où sa mère était restée alitée quelques jours, malade, enceinte. Puis ils avaient fait une halte à Bolstadarhlid et, enfin, à Gilshagi i Vatnsdal avant d'affronter la lande de Grimstunguheidi. Ils avaient campé sur les rives du lac Arnarvatn et, dès l'aurore, les chants d'oiseaux l'avaient réveillée. Sa mère et elle étaient sorties en rampant de la tente pour aller au bord du lac. Que lui avait-elle dit ? Sigurlina ne se le rappelait pas, elle se souvenait seulement du calme. Elle avait eu l'impression qu'elle allait mourir, plongée dans tout ce silence, c'est que dans les eaux lisses du lac et dans le sourire doux de sa mère, elle avait perçu comme une douleur, comme une inquiétude.

Jusqu'au moment où elle avait vu un petit caillou ricocher à la surface de l'eau. Son père et son frère étaient réveillés. Le quotidien avait repris son cours, atténuant la souffrance. Et sous la conduite assurée du chef de famille, ils avaient atteint leur halte suivante, Kalmanstunga. Comme ailleurs ils avaient été bien reçus, partout des paysans connaissaient son père. Ils avaient passé la nuit à la ferme où sa mère s'était bien reposée dans le grand lit de la maîtresse de maison avant le trajet du lendemain dans la vallée de Kaldidalur. C'était une longue étape, même si le soleil adoucissait l'air entre les glaciers, la route était semée d'embûches et ils avaient souvent dû mettre pied à terre et tirer leurs chevaux par la bride pour franchir les plus grosses plaques de neige. Puis cette image leur était apparue, presque identique à celle suspendue dans le cadre au-dessus de leur canapé, cette aquarelle représentant des plaines tapissées d'herbe au bord du lac.

Ils étaient arrivés à Reykjavik tard le soir. Cela lui avait fait un drôle d'effet de se retrouver parmi tous ces bâtiments qu'elle n'avait vus qu'en photo. Ils étaient allés droit vers la maison que son père avait achetée au printemps. Sigurlina la trouvait plutôt petite et plus exiguë que leur ferme dans le Nord. En outre, elle était vide puisque leurs meubles n'y avaient pas encore été installés. La première nuit, ils avaient dû dormir par terre, allongés sur des couvertures. La deuxième nuit aussi, celle où sa mère avait accouché. Sigurlina était endormie, mais, à son réveil, sa mère et le nouveau-né avaient disparu. Elle n'avait jamais vu ce petit garçon, on l'avait aussitôt placé en nourrice. Quant à sa mère, il était évident qu'elle ne reviendrait jamais.

Sigurlina était debout dans le salon vide. Deux femmes accompagnaient son père. Ce dernier l'avait serrée fort dans ses bras en lui embrassant les cheveux. Une des dames lui avait doucement caressé la tête. Puis elle ne se souvenait de rien jusqu'au soir. Leur père les avait alors emmenés, elle et son frère, dans la rue principale au bout de laquelle se trouvait l'hôpital. Ils étaient montés au premier étage. Elle avait entendu du bruit dans le bâtiment, mais elle était incapable de dire d'où il provenait. "Je dois maintenant prendre congé", avait dit une voix d'homme. "Comment? Vous partez? Oh mais non, il n'en est pas question!" avait rétorqué une autre voix masculine. Lorsqu'ils avaient atteint l'étage, les mots échangés n'étaient plus compréhensibles. Ils avaient traversé un couloir sombre et étaient entrés dans la pièce où reposait sa mère. "Nous n'en avons pas fini avec les groseilles à maquereaux!" Les groseilles à maquereaux? Sigurlina avait compris que les paroles provenaient du rez-de-chaussée de l'hôpital. Sans se soucier de cette conversation bruyante, son père l'avait doucement poussée vers le lit. Elle avait posé une main sur la tête de sa mère, s'était penchée en avant et avait embrassé son front dur et froid sous la peau douce comme la soie. "Bravo! Voilà qui me convient! Et si vous avez envie de quelque chose – j'ai ma petite idée là-dessus – vous n'avez qu'à venir me voir!" Brandur avait secoué la tête de consternation en prenant son fils par la main pour l'approcher du lit. "La jeunesse est une *belle randonnée*!" Puis ils avaient quitté la pièce. Ils avaient descendu l'escalier dans un concert d'acclamations et d'applaudissements. Une porte s'était ouverte et des spectateurs avaient jailli d'une salle de théâtre.

Tout cela avait marqué le début d'une existence étrange, une vie dénuée de sentiments, des événements qui se perdaient dans le brouillard, puis quelque temps plus tard, le petit garçon, son autre frère, était mort également. Sans qu'on sache comment, la maison avait fini par s'emplir de meubles. Sans qu'on sache comment, Sigurlina avait fini par se retrouver à la cuisine, s'affairant aux fourneaux, ils avaient fini par s'asseoir tous les trois à table pour prendre leurs repas. Et elle avait fini par s'habituer à l'image que son père et son frère suscitaient en elle en l'absence de sa mère, à cette impression qu'on a de ne pas exister tout en ressentant l'immense souffrance engendrée par le vide infini qui vous déchire l'âme. Entrée dans un univers tout nouveau en arrivant à Reykjavik, elle avait l'impression de ne plus percevoir le monde qu'à moitié. Le monde, elle l'avait jusque-là observé au côté de sa mère.

Pourtant, personne ne lui faisait aucun mal et, bien sûr, elle aimait beaucoup son père, malgré sa distance, et son frère qui semblait vivre dans un autre monde. On ne pouvait pas dire non plus qu'ils manquaient de quoi que ce soit : Brandur s'était noyé dans le travail et les pouvoirs publics n'avaient pas tardé à lui confier temporairement la direction du musée des Antiquités. Mais elle n'était pas sûre que sa vie serait conforme à l'image qu'elle s'en était faite, ni que son avenir ressemblerait à celui que lui avait promis sa mère peu avant sa communion. Au cours de leur troisième hiver à Reykjavik, elle avait parlé de l'École ménagère à son père, puis lui avait à nouveau fait part de son souhait de s'y inscrire quand son frère avait passé les examens d'entrée à Lærdi skolinn, l'*École érudite*. Elle n'avait pas osé mentionner les paroles de sa mère de peur de le mettre mal à l'aise. Le veuf avait secoué la tête en parlant de soif d'apprendre, ajoutant qu'elle savait déjà tout ce qu'on enseignait dans cet établissement, dans ce qu'il appelait cette bicoque. Puis, quand elle lui avait confié son désir d'apprendre l'anglais, il lui avait répondu que, pour l'instant, il avait besoin d'elle à la maison et lui avait fait une promesse qu'il avait ensuite en grande partie reniée, prétextant que les copies du glossaire qu'elle effectuait et toutes les traductions sur lesquelles ils travaillaient conjointement lui enseigneraient bien plus d'anglais que Mme Sigridur ne le pourrait jamais. Sur quoi, il lui avait tendu deux romans anglais : si elle parvenait à les lire, elle n'aurait plus aucune raison de s'inscrire dans cette école.

Or, ce que Brandur ne comprenait pas, c'était que sa fille désirait avant tout sortir un peu plus souvent de la maison. Certes, elle avait des amies, mais ce n'était pas suffisant. Il lui arrivait de descendre rue Adalstræti, chez le Rédacteur en chef, pour initier aux travaux d'aiguille la plus jeune fille de cet homme et de sa femme. Elle aimait aller là-bas. L'attitude de la maîtresse de maison lui rappelait la chaleur de sa mère et, parfois, le jeune Jon et ses camarades hébergés par la famille venaient s'installer dans la cuisine. Sigurlina appréciait leurs conversations. Bien souvent, elle avait l'impression de revenir à la vie en les entendant, même si, la plupart du temps, ils racontaient des bêtises et se perdaient en facéties, surtout lorsque le vieux rédacteur, le père de famille, était absent. Ce qu'elle appréciait toutefois par-dessus tout, c'était la compagnie de Jon, même si cette proximité la rendait de plus en plus nerveuse et désarmée. Il avait lui aussi tendance à baisser les yeux quand ils discutaient. En revanche, il n'hésitait pas à plonger son regard dans le sien lorsqu'il l'interrogeait sur ses lectures ou ses activités avec son père.

Elle remarqua que le portrait de sa mère était légèrement de travers. Elle tendit la main vers le mur pour le remettre d'aplomb. Elle ferma les yeux, prit une profonde inspiration et se tourna sur le côté. Le cadre reprit aussitôt sa position initiale.

Watson manipula l'étui, puis le plaça devant son œil comme une longue-vue

Lorsque Sigurlina descendit de sa chambre le lendemain, son père était déjà parti au travail. Elle emporta ses ouvrages au rez-de-chaussée et les disposa sur la table du salon, puis alla chercher dans la remise quelque chose à proposer à ses invités et vit les gigots posés sur le plan de travail. Ses hôtes risquaient d'arriver à tout moment, elle ignorait quand exactement, mais savait en revanche que ce mouton ne pouvait plus attendre. Enfilant son tablier d'un geste indécis, elle se mit à nettoyer la viande et à la débiter en morceaux. Bientôt débarrassée de toute hésitation, elle alla chercher le sucre, le sel et le salpêtre du Chili, en renversa par mégarde sur ses vêtements, puis retourna dans la remise et attrapa le tonneau. Des voix dans la rue la firent sursauter, ce n'étaient que de pauvres diables qui passaient par là. Elle tapissa le fond du récipient d'une couche de sel et commença à y installer les morceaux, versa de l'eau, sala à nouveau, et pressa jusqu'à ce que toute la viande soit à l'intérieur. Elle mit ensuite le couvercle en place, l'enfonça et posa un poids dessus. Elle rangea le tonneau, passa un coup de balai dans la cuisine et la lessiva, puis regarda autour d'elle d'un air satisfait en se disant que c'était tout de même insupportable que la maison ne dispose pas d'une entrée sur la rue et qu'il faille à chaque fois faire passer les invités par la cuisine. Surtout quand ces hôtes étaient des inconnus ou des étrangers.

Elle ôta son tablier, monta à l'étage au pas de course et remit un peu d'ordre dans son apparence. Dès qu'elle fut redescendue à la cuisine, elle prépara le café. Elle n'avait qu'un quatre-quarts et quelques bugnes à offrir. Il faudrait s'en contenter. Elle sortit le beau service, le posa sur la table puis repensa la présentation de ses ouvrages : quelques paires de chaussettes et de gants dont l'une était brodée. Elle lissa la pièce de lin au point de croix, les deux galettes de chaise en laine noire et les coussins à motifs floraux, déplaça légèrement les manchettes, les galons de veste, l'étui à aiguilles brodé et le col vieux comme Hérode. Ce n'était pas si mal, pensa-t-elle en allant s'asseoir sur le canapé où elle pouvait maintenant attendre ses visiteurs. Et relire l'article sur les tremblements de terre en laissant son esprit vagabonder. Elle regarda par la fenêtre, remonta au grenier pour y prendre un roman et s'inspecter dans le miroir, retourna s'asseoir, passa un moment à regarder le ciel, se perdit dans mille pensées et s'assoupit. Elle était alors à des lieues de la ville, là où la terre avait tremblé et où les gens sortaient entièrement nus de leurs fermes qui s'écroulaient ensuite avec fracas. Elle se réveilla en sursaut. On frappait à la porte.

Les visiteurs burent le café tout en conversant. Sigurlina répondit à leurs questions, mais prit également la parole elle-même, s'étant préparée à l'entrevue. Bientôt, tous se levèrent et s'approchèrent de la table. Watson était plus taciturne que la veille, mais Mme Wilson fit des compliments sur la pièce de lin brodée au point de croix qu'elle souleva délicatement. Mlle Baker attrapa le col, le plaça sur sa poitrine et afficha une mine réjouie. Watson prit alors une paire de chaussettes, déclara qu'ils achetaient le tout et tendit à Sigurlina une liasse de billets. Les femmes rangèrent leurs achats dans leurs paniers, tandis qu'il faisait le tour du salon. Il tendit le bras vers l'étagère et saisit le vieil étui en argent de la coiffe de la mère de Sigurlina. Il le manipula longuement, le plaça devant son œil comme une longue-vue, puis reprit son sérieux. Sigurlina, les billets à la main, hocha la tête et tous deux éclatèrent de rire quand il plaça l'objet à la verticale sur sa tempe. Puis il demanda s'il était à vendre. La jeune fille n'osa pas lui répondre. Elle ne savait d'ailleurs pas quoi lui dire. Watson reposa doucement l'étui sur l'étagère.

Lorsqu'ils eurent quitté la maison, elle resta dans la cuisine, immobile, plongée dans d'étranges pensées. Elle feuilleta les billets et les compta puis les porta à son nez pour les renifler. Ses mains sentaient la saumure. Elle remonta dans sa chambre et rangea la liasse dans son coffret en souriant de toutes ses dents. Puis elle redescendit au rez-de-chaussée où l'attendait une foule de corvées. Elle posa le faitout rempli d'eau sur le feu et commença à couper les tiges de rhubarbe. Lentement, en petits morceaux, tout en observant d'un œil la pauvre Alfrun qui, penchée en avant parmi les poules dans la courette, essayait d'attraper quelque chose par terre. Sigurlina avait l'impression que l'image s'était comme incrustée dans la vitre. Dehors, sur le rocher, des gamins trop peu couverts criaient, manifestement en route vers la côte.

Une fibule

Watson et ses amis étaient partis voir le Geysir. Il plut beaucoup à Reykjavik les journées suivantes. Sigurlina passa la plupart du temps seule à la maison, à travailler, son frère était toujours dans le Nord où, après son diplôme de fin d'études, il avait trouvé un emploi au service du préfet. L'avenir du jeune homme était incertain, Brandur lui avait demandé de repousser son départ pour Copenhague prévu à l'automne et de patienter jusqu'à ce qu'il dispose de l'argent nécessaire. Sigurlina travaillait avec son père à un glossaire et sur des traductions, mais ce dernier effectuait également des copies de toutes sortes de textes, et il avait promis à quelqu'un un duplicata des *Sagas du Vinland*. Débordé, il avait fini par confier cette tâche à sa fille. Il avait toujours mille et une choses à faire, puis un jour, quand le soleil fendit enfin les nuages, Brandur demanda à Sigurlina de venir le retrouver au musée dès qu'elle aurait terminé les tâches ménagères. Il avait besoin de son aide pour référencer des objets découverts à l'occasion de fouilles, qu'on lui avait apportés quelques jours plus tôt.

Était-elle sûre de n'avoir rien oublié ? Vers midi, elle se tenait sur le seuil de la maison, prête à sortir. Elle hésitait. Elle avait fait les trois lits, balayé les chambres, reprisé une chaussette, préparé la pâte à pain, humecté le fromage en le malaxant pour éviter qu'il ne durcisse, lavé le linge qui était à tremper, l'avait essoré et mis à sécher au soleil du matin, avait trié le linge sale et l'avait mis à tremper – en séparant les sous-vêtements de son père –, elle avait mis à dessaler du poisson, mis à tremper des amandes, des pruneaux et des raisins secs, mis à tremper du chou, mis à tremper tout ce qu'on pouvait mettre à tremper dans cette petite maison, puis, pour finir, elle avait plongé ses mains mouillées et ses doigts tout frippés dans l'eau chaude et savonneuse. Non, elle n'avait rien oublié, pensa-t-elle en claquant la porte avant de se mettre en route d'un pas résolu. Arrivée sur la place Austurvöllur, elle se souvint tout à coup des deux boutons qui pendaient à la veste de son père. Hors d'haleine, elle entra dans le bâtiment du Parlement et monta directement à l'étage. Elle entendit des voix dans l'atelier et reconnut aussitôt celle du Poète, mais en entrant dans la pièce, elle découvrit deux autres hommes assis à la grande table. L'un d'eux, le Docteur Finnsson, un jeune chercheur anglais, était venu la veille au soir trouver Brandur qui l'avait ensuite qualifié d'agitateur dès qu'il avait quitté la maison. Quant au deuxième homme, elle ne le connaissait pas.

En la voyant approcher, Brandur leva la main pour lui indiquer d'attendre à l'extérieur. Elle recula de quelques pas, entra dans la salle voisine, s'adossa au mur, tout près de la chasuble ornementée qui y était suspendue, les mains derrière le dos, et reprit son souffle. Elle regardait la semelle de sa chaussure qui menaçait de se détacher sous ses orteils tout en écoutant la conversation des trois hommes de l'autre côté de la cloison. Elle percevait comme une agitation dans l'air. Ils affirmaient qu'un certain *il* n'avait pas le droit de faire elle ne savait quel *ça* et que son père devait retourner au plus vite dans le Nord. Ils échangèrent ensuite quelques mots en anglais qui scellèrent la paix autour de la table. Les trois hommes baissèrent la voix et ne parlèrent plus que par intermittence, comme si ce qu'ils avaient à se dire se passait de mots. Sigurlina commençait à en avoir assez d'être adossée à cette cloison, elle se pencha sur une vitrine, les coudes appuyés sur la plaque de verre, pour observer les objets anciens qui y étaient exposés. Des restes de gants. Elle passa là quelques minutes, puis en eut également assez et chercha un endroit où s'asseoir. Elle savait parfaitement qu'il était interdit de monter sur le trône aux chevaliers, mais décida malgré tout de s'y installer. Elle n'allait quand même pas s'asseoir par terre. Le dos bien droit, les mains posées sur les accoudoirs, elle caressait les chevaliers et se grattait la paume en la passant sur la fissure, à l'endroit où le bois s'était brisé. Elle repensait à la manière dont l'accident était arrivé quand le Poète entra tout à coup dans la salle. Sigurlina descendit d'un bond. Le Poète était suivi par Finnsson qui, vêtu d'un grand imperméable d'été, les mains gantées, faisait tourner sa canne. Le troisième homme était chaudement emmitouflé. Au moment où le trio quitta la salle, l'inconnu regarda Sigurlina. Cela ne dura qu'un instant et elle n'eut pas vraiment le temps de distinguer les traits de son visage. Cependant, elle avait bien l'impression qu'il lui avait fait un clin d'œil.

Dans le bureau de son père, toutes sortes de choses encombraient les tables. Il lui demanda de prendre un chiffon pour les nettoyer. Il y avait là des ossements humains, une pointe de flèche et des fragments d'objets rouillés dont elle ignorait la nature. Mais certains n'étaient pas sans valeur : une grande épée, un peigne en os et un autre objet qui tenait dans sa paume. Une broche dont la forme faisait penser à une langue. Elle passa son chiffon sur l'avant du petit bijou en laiton, il lui semblait qu'il était doré par endroits. Elle scruta le motif qui l'ornait et distingua une sorte de ruban qui s'enroulait à l'intérieur d'un cadre. N'y voyant pas très clair dans le coin où se trouvait la table, elle s'approcha de la fenêtre pour le scruter à la lumière du soleil de midi. Ce qu'elle avait pris pour un ruban était en réalité un serpent ou peut-être une sorte de dragon doté d'un corps longiligne et d'une longue queue. “Une fibule”, murmura son père sans lever les yeux de sa tâche. Elle retourna la broche et découvrit un petit taquet au sommet de la plaque, ainsi qu'un fermoir tout en bas. L'épingle manquait. Elle leva les yeux vers la vitre, plaça la broche entre ses seins, s'imaginant en femme du Moyen Âge, mais cessa de contempler son reflet dès qu'elle aperçut Jon qui marchait dans la rue Kirkjustræti. Et aux côtés d'une femme ! Elle s'approcha de la fenêtre. Son père toussota pour lui signaler de venir se rasseoir. Elle n'eut pas le temps de voir qui accompagnait le jeune Jon.

Brandur avait fini de répertorier l'ensemble des découvertes, Sigurlina n'avait plus qu'à mettre son rapport au propre. Elle recopia ce qu'il avait écrit sur la broche : *Fibule en forme de langue, bronze, vers l'an mil. Probablement issue d'une paire. Presque entièrement conservée. Excellent état. De confection très soignée. Objet rare.* Puis elle consigna les dimensions et la description précise du motif, qui venait confirmer la datation. Restaient maintenant les ossements. Une mâchoire et quelques molaires.

Brandur voulait travailler encore un peu, mais elle préféra rentrer. Elle fit toutefois une halte chez le Rédacteur en chef pour récupérer une petite pièce d'étoffe que la maîtresse de maison lui avait promise. Tout le monde était installé au salon, le jeune Jon, futur rédacteur en chef, assis sur le canapé au côté d'une inconnue. C'était sans doute elle que Sigurlina avait aperçue par la fenêtre du Parlement. Cette femme semblait un peu plus âgée qu'elle. Un peu plus âgée que Jon. Elle se présenta en danois. La maîtresse de maison remit le coupon à Sigurlina en lui souriant d'un air compatissant. Un sourire chaleureux, qui semblait cependant un peu contrit, honteux.

La jeune fille marcha jusqu'au bout de la rue Adalstræti et obliqua vers l'ouest de la ville. Qui était cette Danoise ? Elle resta troublée un instant puis se dit que si la présence de cette femme impliquait ce qu'elle soupçonnait, cela ne changeait rien pour elle. L'esprit subitement vagabond, elle se retrouva ailleurs un long moment. À la fois partout et dans un lieu précis où elle entendit tout à coup des éclats de rire qui la ramenèrent à la réalité. Un rire de femme qui provenait de Holl. Elle comprit qu'elle était restée immobile, qu'elle n'avait pas avancé d'un pouce, au milieu de la rue, plongée dans ses pensées. Elle leva les yeux, tout de même un peu honteuse, se hâta de rentrer, courut se réfugier dans sa chambre et se jeta sur son lit où elle continua à se rêver un avenir jusqu'au retour de son père. Elle regagna alors aussitôt le rez-de-chaussée, encore suffisamment agitée pour aborder avec lui des sujets qu'elle avait évités depuis longtemps en le harcelant de questions et d'explications. Quand pourrait-elle enfin partir à l'étranger ? Elle lui parla également de la promesse que sa mère lui avait faite des années plus tôt et de toutes ces choses qu'il valait mieux taire, elle le savait. Elle resta ainsi, campée face à Brandur, les mains sur les hanches pour souligner sa détermination. Mais Brandur lui répondait avec son habituel regard fuyant. L'argent. Il n'en aurait même pas assez pour envoyer son frère au Danemark à l'automne. Elle annonça alors qu'elle s'était elle-même constitué une petite cagnotte, entre autres grâce à ses travaux d'aiguille. Qui plus est, Kristin et Pall l'avaient maintes et maintes fois invitée à venir passer un hiver chez eux à Édimbourg.

"Tu ne crois pas qu'ils ont assez de soucis comme ça ?" répondit Brandur, ajoutant qu'ils vivaient des moments difficiles et qu'aux dernières nouvelles, ils se débattaient avec des problèmes financiers. Puis il se rendit dans son bureau et ferma la porte en parlant de chimères et de châteaux en Espagne avant d'ajouter qu'ils étaient de petites gens vivant dans une petite ville et de lui demander pourquoi elle avait tellement envie d'aller dans un endroit où elle n'aurait pas la considération qu'elle méritait. Un endroit où elle serait moins que zéro.

Elle monta dans sa chambre et s'allongea. Moins que zéro ? Elle mit sa tête sous la couette, ferma les yeux et essaya d'imaginer à quoi pouvait ressembler ce genre de personne. Évidemment, elle ne vit rien jusqu'au moment où elle allait s'endormir. C'est alors qu'apparut au-dessus d'elle une chose gigantesque : une bande de terre s'était détachée de la croûte terrestre en emportant des racines longues et fines qui se balançaient et tournoyaient tandis que la surface mise à nu défilait sous elles. Et quand cette surface fut suffisamment éloignée de Sigurlina, elle découvrit sur la planète devenue minuscule un énorme château rutilant. Un château d'un blanc bleuté. Un château en Espagne.

L'Arena

Elle frappa pour la troisième fois. Enfin, quelqu'un actionna la poignée et entrouvrit. Mme Popp, l'épouse du marchand, dissimulait la moitié de son visage derrière la porte, l'air circonspect, comme si elle ne voulait recevoir personne. Sigurlina annonça qu'elle venait voir Silvia. Aussitôt, la porte s'ouvrit grand et son amie lui souhaita la bienvenue. Elle l'emmena dans le salon en disant qu'elle avait quelque chose à lui proposer. Watson et ses amis étaient rentrés à Reykjavik, ils cherchaient trois jeunes filles pour assurer le service pendant le banquet qu'ils organisaient à bord de l'*Arena* avant de lever l'ancre pour l'Angleterre le lendemain matin. Face à l'indifférence de Sigurlina, Silvia ajouta que, pour sa part, elle irait prêter main-forte, même si elle considérait que servir les autres était en dessous de son statut. Sigurlina comprit que, dans ce cas, elle pouvait tout à fait l'accompagner et, oubliant de renâcler, elle eut un grand sourire quand son amie lui prit les deux mains en lui disant de venir la rejoindre à cinq heures de l'après-midi. Une barque les emmènerait à bord avant les invités islandais.

Elle sortit sur la place Lækjartorg, leva les yeux et observa les navires dans le port. Jamais elle n'était montée sur un bateau étranger. Elle pensa à Watson, essaya de se rappeler son visage, mais il refusait de lui revenir en mémoire. Elle prit la rue Posthusstræti et se dirigea vers le Parlement – Brandur lui avait demandé de passer au musée pour rédiger des cartels destinés à une nouvelle vitrine. Tout en marchant, elle se dit que le visage de Watson lui avait peut-être trop longtemps occupé l'esprit et que cela expliquait qu'elle ait du mal à s'en souvenir. Or voilà que soudain il était là, non pas dans sa tête, mais droit devant elle. Ses yeux, sa barbe, ses cheveux et tout le reste sortaient du Parlement. Désarçonnée, elle fit presque une révérence avant de le saluer en anglais. Mais ses mots ricochèrent sur la porte : Watson avait déjà filé. Elle fit volte-face et le vit longer la rue Posthusstræti, droit comme un piquet, le pas décidé. Comment ça ? Il ne l'avait pas vue ? D'où venait-il ? Du bureau de son père ?

Elle comprit qu'elle n'aurait sans doute pas le temps de rédiger les cartels si elle voulait être au rendez-vous à l'heure dite sur la jetée du marchand Popp. En outre, rentrer à la maison lui éviterait de demander l'autorisation à son père. Elle préférait lui laisser un mot. Il essayait souvent de la dissuader de tel ou tel projet, mais ne lui en voulait pas quand elle le mettait devant le fait accompli. Elle tourna donc les talons et rentra à la maison, faisant de son mieux pour marcher normalement malgré sa semelle qui se détachait. Il était évident qu'elle ne pouvait pas aller sur le navire en bottes, il ne lui restait donc que ses souliers en peau. Elle pouvait parfaitement les porter. Elle ignorait quelle tenue Silvia choisirait, mais pour sa part, elle opterait pour son costume traditionnel avec un plastron blanc. Et une lavallière noire.

C'est ainsi que Sigurlina monta sur la barque de Pétur. Quelques minutes plus tard, elle empoigna l'échelle de corde qui se balançait devant elle, posa un pied sur le premier barreau et glissa sur le bois mouillé. Elle serait tombée à l'eau si elle ne s'était pas agrippée de toutes ses forces. Elle se hissa, sûre d'elle, à flanc de navire, au-dessus des vagues, sans s'accorder de répit jusqu'à atteindre le bastingage. Lorsqu'elle voulut l'enjamber, deux matelots l'attrapèrent et la déposèrent sur le pont avec des soupirs et des rires virils. Vint ensuite le tour de Silvia, puis de la troisième jeune fille, Steingerdur Jonsdottir, Stappa pour les intimes.

L'*Arena* était pavoisé de lampions et de fanions. On conduisit les trois jeunes filles dans une petite salle à manger où la table était déjà dressée, puis on les fit descendre dans la cuisine déserte. C'était le chaos sur les plans de travail. Deux grandes casseroles attendaient sur le fourneau. Les membres d'équipage apportèrent des caisses. L'un d'eux, manifestement le cuisinier ou le traiteur, ordonna à ses collègues de disposer les mets dans les plats. Avec des grands gestes plutôt qu'avec des mots. C'était là le repas qu'elles devraient apporter dans la salle à manger. Silvia et Stappa n'avaient pas de tablier pour ce faire, Silvia y était opposée. Sigurlina se disait qu'elle était plus à l'aise avec son tablier en toile que les deux autres dans leurs robes de soie.

L'écho des conversations leur parvenait depuis la salle à manger. Les convives étaient en train de prendre place quand les deux amies et Stappa arrivèrent, chacune avec une soupière. Il y avait là un jeune homme, sans doute un membre de l'équipage, préposé au service des boissons. Sigurlina attendait de pouvoir se débarrasser de sa charge. Elle observait la table de fête. La scène était des plus surprenantes. Watson était au côté de Kristin Jons. Que faisait-elle à bord ? Avec toute cette quincaillerie au cou et ce sourire étrange que Sigurlina ne lui avait jamais vu ? Le couple Wilson était assis à côté d'eux, il y avait ensuite Mlle Baker et M. Johnson. Puis venait le Poète qui hochait vigoureusement la tête aux propos que lui murmurait son voisin de table. Face à eux se trouvaient des hauts fonctionnaires islandais, pour certains accompagnés de leur épouse, dont deux en costume traditionnel. Tout cela sembla subitement très étrange à Sigurlina, comme si ces tenues n'étaient pas à leur place à bord de ce navire. Ce qui tranchait toutefois le plus avec l'atmosphère de la petite salle à manger au plafond bas, c'était l'uniforme du Gouverneur. Ces gigantesques épaulettes à franges. Son chapeau et les énormes plumes d'un blanc immaculé qui le surmontaient. Sigurlina avait d'ailleurs l'impression qu'il partageait son avis. En dépit de l'espace considérable qu'il occupait, toutes ces fanfreluches ne faisaient que le rapetisser parmi ces Américains en tenue ordinaire.

Plus tard dans la soirée, elle gravit à nouveau les marches raides de l'escalier, les bras chargés d'un grand plat de poisson. Lorsqu'elle entra dans la salle, le Poète était debout et proposait un toast en l'honneur de M. Wilson. Puis il parla de nouvelles méthodes éducatives venues de l'étranger et appliquées en Islande, de progrès et d'autres sujets du même acabit.

Les trois jeunes filles n'eurent en fin de compte pas grand-chose à faire ce soir-là. Dès qu'elles eurent débarrassé la table, Silvia fit prévenir le cuisinier qu'elles ne s'occuperaient pas du nettoyage. Cette tâche ne figurait pas dans le contrat. Silvia et Stappa voulurent monter sur le pont-promenade où les convives s'étaient rassemblées pour chanter. Étant donné la cacophonie, plusieurs d'entre eux avaient probablement un peu forcé sur la boisson. Le cuisinier et son aide ayant tous deux quitté la cuisine, Sigurlina se retrouva seule. Elle tenta de mettre un peu d'ordre dans la vaisselle, réticente à laisser une telle pagaille. Elle se disait qu'elle et les deux autres jeunes filles n'avaient pratiquement rien fait. Puis elle s'essuya les mains et le visage, quitta la cuisine et monta l'escalier.

Arrivée dans la coursive qui menait à la salle à manger, elle eut le sentiment qu'on la suivait. Jetant un regard derrière elle, elle ne vit personne dans la pénombre et continua à avancer, puis, alors qu'elle s'apprêtait à pousser la porte au bout du couloir, une main se posa sur son épaule. En douceur. Elle se retourna et se retrouva face à un homme qui lui attrapa les deux mains et l'entraîna avec lui. Ils franchirent une porte étroite et entrèrent dans une pièce où brillait une petite lumière. Elle était avec Watson, ils étaient dans sa cabine. Son visage éclairé par cette lueur maigrelette avait quelque chose d'étrange, de grossier et d'inquiétant, il se tenait si proche d'elle. Ses cheveux et ses yeux semblaient d'un noir profond. Son haleine empestait l'alcool. Elle envisagea de fuir, mais une drôle de sensation l'envahissait, certes tout à fait différente de celle qu'elle avait ressentie en présence du jeune Jon quand elle s'était trouvée seule avec lui dans la ruelle. Toutes sortes de sottises s'affrontaient dans sa tête, des sentiments contradictoires entièrement nouveaux pour elle, un mélange de plaisir et de dégoût qui explosa quand Watson souleva son tablier, sa robe et ses jupons, se pencha en avant et lui caressa le cou de son épaisse barbe en lui murmurant à l'oreille des mots qu'elle ne comprenait pas, mais qu'elle supposait grossiers. Il lui avait posé les mains sur les hanches et la poussait doucement vers sa couche pour l'y allonger. Elle plaça ses mains derrière son dos et tenta de s'arc-bouter, mais elle était incapable de bouger. Agenouillé sur le lit, Watson la surplombait. Sigurlina tendit machinalement sa jambe gauche vers son épaule, mais quand elle essaya de le repousser, il attrapa d'un geste ferme son soulier en peau et frotta son petit orteil contre son nez avec un sourire. "*Don't be a prissy old maid*", "Ne fais pas ta vieille fille mijaurée". Puis il lui lâcha le pied, remonta ses jupons jusqu'à son ventre, s'installa doucement entre ses cuisses et commença à aller et venir, comme en transe, les yeux fermés. "Monsieur Watson ?" murmura-t-elle. Brusquement désarçonné, il s'affaissa sur elle. Sigurlina en profita pour se tourner sur le côté et lui attrapa le visage. Mais son bas-ventre était toujours collé au sien, pesant de tout son poids, il allait de plus en plus vite et sa respiration se faisait plus profonde. Elle était tétanisée. Bientôt, elle se mit à trembler. L'étrange sensation de bien-être qui avait envahi son corps quelques instants plus tôt s'était entièrement dissipée, elle n'éprouvait que dégoût pour elle-même, allongée sous ce corps étranger. Elle devait quitter cette cabine au plus vite, mais elle n'avait pas la force physique nécessaire pour se dégager du poids gigantesque qui reposait sur elle.

Début de réception à Reykjavik. Mars 1897

– Sornettes ! C'est d'une puérilité impensable de croire qu'on puisse asseoir un contact sûr et permanent entre les pays grâce à ce genre de chose. D'ailleurs, en vertu de quoi aurions-nous besoin d'un télégraphe pour nous relier au reste du monde ?

Il était arrivé en dernier, au milieu de la diatribe de l'Historien, et venait presque de se faire écraser par une charrette chargée de pierres dont un pauvre diable chaussé de galoches en peau avait perdu le contrôle dans la rue Bakarabrekka, tout en pente, alors qu'il descendait vers Austurstræti sur le chantier de la nouvelle banque. Le Gouverneur accueillit toutefois joyeusement le jeune Rédacteur en chef. Bientôt, la conversation s'éloigna des questions de télégramme et de câbles pour s'orienter vers le drapeau et les armoiries nationales. Jusqu'au moment où le maître des lieux souhaita formellement la bienvenue à ses invités, ouvrant ainsi la réunion. Il ne fit état d'aucun ordre du jour, mais débuta simplement son intervention par le rappel d'un petit événement :

– L'automne dernier, la fille de l'érudit Brandur Jonsson a quitté l'Islande. Puis, il se pencha en avant et baissa d'un ton : Certains vont même jusqu'à dire qu'elle aurait disparu, ou qu'elle se serait enfuie à la faveur de la nuit. Et qu'elle se trouverait en ce moment en Écosse.

– Sigurlina ? répondit alors le Poète d'un air hautain, comme si ce qu'avait fait la jeune fille lui nuisait personnellement.

Le Gouverneur : – Oui, c'est son nom. Une jeune fille intelligente, mais particulière dans bien des domaines.

L'Historien : – Je ne vois pas de qui il s'agit.

Le Juge : – Petite, les cheveux clairs. Plutôt bien faite, mais assez indisciplinée.

Le Trésorier du roi : – Oui, fantasque. Et quelque peu impertinente.

Le Pasteur : – C'est elle qui faisait tout dans cette maison.

Le Juge : – Et son père s'en servait comme gratte-papier.

Le Poète : – Tout à fait. Et, autrement, elle passait pas mal de temps en compagnie d'étrangers. Pour pratiquer son anglais. Comme le font certaines femmes de chez nous. Ce qui n'est ni très convenable ni très patriotique. Elle leur vendait également toutes sortes d'ouvrages, du tricot et des travaux d'aiguille.

Le Pasteur : – Voilà qui est à la fois très islandais et très utile, n'est-ce pas ?

Le Poète : – Chaussettes et autres futilités ?

Le Juge : – C'est pourtant une honnête manière de gagner sa vie ?

Le Poète : – Certes, certes. Il n'empêche que ce sont tout de même des babioles et que ce qui compte, c'est l'esprit rêveur et le caractère incontrôlable de cette jeune fille. Et je doute que de telles activités soient porteuses de progrès. Du reste, elle a pris la poudre d'escampette. Au grand dam de son père.

L'Historien ne dit pas un mot. Il hausse les épaules comme s'il préférait parler de choses plus constructives et adresse un regard complice au Rédacteur qui se tait également, bien que pour une tout autre raison. Alors que l'Historien est sur le point de changer de conversation, une jeune fille entre dans le salon, un plateau d'argent dans les mains. Les convives se redressent et concentrent leur attention sur les verres à digestif remplis à ras bord. La cérémonie dure quelques instants.

Un exploit

“Monsieur Watson ?” demanda une voix derrière la porte. Les jambes de Sigurlina eurent un tressaillement, elle se mit à donner des coups de pied en l’air et à s’agiter dans tous les sens, puis, les deux mains plaquées sur les épaules de l’homme, elle parvint à dégager son corps délicat de sa masse puante qui l’écrasait.

En un clin d’œil, elle se retrouva assise sur le rebord de la couchette où elle réajusta sa tenue et sa coiffe. Elle sentit quelque chose qui la piquait. Un objet dur comme la pierre. En passant une main sous sa fesse, elle comprit qu’il était coincé dans le pli de sa robe. Elle se mit debout et secoua son vêtement jusqu’à ce qu’il tombe par terre. Il luisait dans la pénombre. Il appartenait probablement à Watson, c’était sans doute la boucle de sa ceinture. Elle l’attrapa et le plaça sous la lampe-tempête suspendue à la cloison. Au moment où elle comprenait de quoi il s’agissait, elle entendit quelqu’un appeler son prénom. Elle se passa une main sur le visage, serra l’objet dans l’autre et se hâta de quitter la cabine.

Sur le pont, un matelot aidait Silvia à enjamber le bastingage. Sigurlina eut l’impression qu’elle la regardait bizarrement. Dès que son amie fut descendue sur l’échelle de corde, elle cacha l’objet dans ses vêtements, sous sa veste, et s’approcha du matelot qui l’aida également à quitter le navire. Elle tremblait chaque fois qu’elle posait un pied sur les barreaux de l’échelle et, lorsqu’elle eut atteint la barque, elle dut s’accroupir et presque ramper jusqu’au banc de nage où elle s’installa face à Pétur, les jambes légèrement en biais, les pieds posés sur un vieux filet pour éviter de les laisser tremper dans l'eau accumulée au fond de la barque. Silvia et Stappa étaient assises derrière elle, silencieuses. On entendait des cris sur le pont du navire. Les convives semblaient s'être dispersés, certains invités avaient peut-être déjà regagné la terre ferme.

Pétur s'éloigna à la rame du flanc du navire. Sigurlina se mit alors à trembler si frénétiquement qu'il détourna les yeux et se mit à regarder la lune. Elle contempla elle aussi l'astre de la nuit en s'interrogeant sur la suite des événements. L'*Arena* lèverait l'ancre avant le réveil de Watson. Elle ne le verrait plus jamais. Elle devait garder pour elle ce qu'il lui avait fait subir, la façon idiote dont elle avait réagi et ne pas se torturer avec cette histoire. Si elle l'avait laissé la souiller, c'était le destin : il fallait bien que quelqu'un tombe dans le piège qu'était la cabine de cet homme. Elle regarda le petit Pétur et, derrière lui, la ville plongée dans la pénombre automnale. Quand la barque atteignit le ponton, elle avait cessé de trembler.

Prenant congé des autres jeunes filles, elle rentra chez elle. Tandis qu'elle marchait, elle imaginait la discussion qu'elle allait avoir avec son père. Au lieu de lui reprocher son escapade sur le navire sans l'avoir prévenu, il la complimenterait sur son exploit, qu'il jugerait à la fois juste et bénéfique. Cette pensée la traversa au moment où elle entra dans la cuisine. Voyant qu'il était dans son bureau, elle décida d'aller immédiatement lui remettre le fruit de son larcin. Elle plongea la main sous sa veste, mais alors qu'elle assemblait mentalement les mots destinés à former sa phrase, elle pensa à la première question qu'il lui poserait. Cet objet, comment se l'était-elle procuré ? Ce voleur de Watson l'avait-il laissé tomber par terre ou sur le pont du navire ? S'était-elle abaissée à le ramasser ? Avait-elle fouillé ses poches ? Était-ce là qu'elle l'avait trouvé ? À moins qu'elle ne l'ait volé dans sa cabine ? Et que diable était-elle allée y faire ?

Sigurlina serra l'objet dans sa main, recula de quelques pas et se précipita au grenier. Elle aurait mieux fait de s'abstenir. Qu'est-ce qui lui était passé par la tête ? Elle cacha son butin au fond de son coffre. La seule solution consistait sans doute à le remettre à sa place au musée des Antiquités avant que Brandur ne se rende compte qu'il avait disparu. Il y avait toutefois peu de chance qu'elle y parvienne puisque, le lendemain, son père comptait s'occuper de la vitrine où serait exposé cet objet tout récemment découvert. À n'en pas douter, cette antique broche que son père appelait *fibule* devait en être la pièce maîtresse.

Tel sera mon destin !

Deux jours avaient passé depuis qu'elle était rentrée en rapportant la broche trouvée dans la cabine de Watson. Brandur ne s'était pas encore rendu au musée des Antiquités, il était resté chez lui pour terminer un travail. Si elle voulait remettre l'objet à sa place, elle devait aller là-bas avec lui. Optimiste, elle se disait qu'elle parviendrait peut-être à mettre son projet à exécution si son père sollicitait son aide. Mais le troisième jour, lorsqu'il décida enfin d'aller au musée, un hasard malencontreux voulut que le vieux Thordur vienne frapper chez eux pour leur apporter des oiseaux. Thordur reparti, Brandur enfila son manteau et Sigurlina lui proposa de l'accompagner pour l'aider à installer la vitrine. L'index pointé vers les oiseaux, il lui répondit qu'elle avait déjà assez à faire pour la journée. Elle objecta que les volatiles pouvaient attendre et qu'elle les plumerait dans la soirée. Hélas, on frappa à nouveau à la porte. Cette fois, c'était Thordis qui venait chercher les galons brodés de sa veste. Sigurlina monta aussitôt au grenier pour les lui apporter avant le départ de son père de manière à pouvoir l'accompagner au musée mais, arrivée dans sa chambre, elle se rendit compte que les galons n'y étaient pas. Elle les avait vendus à Watson et compagnie ! Alors qu'elle réfléchissait à la manière dont elle allait se tirer d'affaire, elle entendit la porte claquer. Brandur était parti, la privant de l'occasion de remettre la broche à sa place. Et elle n'avait plus qu'à redescendre pour tenter d'expliquer à Thordis ce qui était arrivé à sa passementerie.

Elle avait en effet fort à faire ce jour-là. Elle se demandait si elle devait d'abord plumer les volatiles ou commencer de nouveaux galons pour Thordis à qui elle avait expliqué qu'elle ne trouvait pas ceux qu'elle avait brodés et qu'ils s'étaient tout bonnement volatilisés. Elle décida de s'occuper d'abord des oiseaux pour calmer l'agitation qui lui embrouillait l'esprit. Elle les pluma, les passa à la flamme, les nettoya, les lava, les sécha, leur coupa la tête, les ailes et les pattes. Les vida. Puis elle alla les suspendre dans la remise et commença à réfléchir au menu du souper. Mais elle n'arrivait pas à penser, sachant que son père avait maintenant découvert que l'antique broche avait disparu. Elle devait lui dire la vérité.

Quand Brandur rentra ce soir-là, il ne fit aucun commentaire. Puis il repartit au musée et revint à nouveau à la maison sans mentionner cette disparition qui aurait pourtant dû l'affoler. Cela dit, il n'avait pas l'air plus inquiet qu'à l'accoutumée. Il semblait qu'il n'était rien arrivé. Sigurlina commençait à se demander si cette histoire n'était pas le fruit de son imagination, s'il s'agissait d'un malentendu, mais lorsqu'elle replongea sa main dans son coffre pour examiner la broche, elle n'eut plus aucun doute : ce qui lui avait piqué la fesse dans la cabine de l'homme d'affaires américain était bien la fibule qu'elle avait eue en main au musée le jour où on l'y avait apportée. Était-il possible que son père croie qu'elle s'était égarée et qu'il attende simplement qu'elle réapparaisse avant de mentionner l'incident ? Sigurlina se disait que c'était peut-être le cas, il travaillait en ce moment à l'inventaire de l'ensemble des collections qui comptaient sans doute des milliers d'objets. La broche s'était peut-être simplement perdue dans le fouillis de ses pensées et, tant qu'il en allait ainsi, elle avait encore la possibilité de la remettre à sa place. Mais pour ce faire, elle allait devoir patienter puisque Brandur faisait en ce moment route vers le nord du pays pour examiner les ruines d'une habitation et collecter des objets anciens dans les fermes avoisinantes. D'ailleurs, Sigurlina avait mieux à faire que de penser à cette fibule pour l'instant, elle devait se préparer pour le bal du lendemain soir dans la nouvelle salle des fêtes à côté de l'étang de Tjörnin. Un bal masqué.

Elle s'était plus ou moins attendue à ce que le jeune Jon l'invite. Il lui avait demandé si elle comptait venir, mais depuis sa mère lui avait dit qu'il était parti à cheval avec son père à Bessastadir la veille du bal. Elle demanda donc à son frère de l'accompagner. Plutôt taciturne depuis qu'il était rentré du Nord, il avait toutefois, comme à l'accoutumée, consenti à venir : mais il ne comptait pas se déguiser pour cette idiotie. Pour sa part, elle avait prévu de mettre sa robe de communiante et son diadème, elle s'était également fabriqué un loup noir pour se couvrir les yeux.

Le frère et la sœur se rendirent aux réjouissances sous un ciel couvert. Un petit attroupement s'était formé devant le bâtiment, des curieux venus voir les vêtements des participants. Et le spectacle valait le détour. Plusieurs jeunes hommes s'étaient enrubannés de lin blanc et l'un d'eux, un des fils de Valdi, portait un turban rouge. Il y avait là des clowns, des elfes-fleurs, un amiral, un sultan et toutes sortes de déguisements dont on ne savait pas au juste ce qu'ils représentaient en dépit de leur inventivité. Des filles avaient orné leurs robes et leurs chapeaux de fleurs brodées et Inga Hansen était délicieusement originale avec son haut-de-forme. Sigurlina donna un coup de coude à son frère, il s'était un peu radouci en apercevant quelques-uns de ses amis. Ses copines à elle étaient également de la fête : Silvia cachait la moitié de son visage derrière un éventail et Stappa portait un chapeau pointu de sorcière. Seule Sigurlina était venue en robe.

Elle dansa avec son frère et certains de ses amis. La fête était plutôt informelle et la soirée assez mal organisée à son goût. L'orchestre sembla un moment à deux doigts de dérailler, elle ne connaissait pas le pianiste. En tout cas, elle s'amusa joliment. Jusque vers la fin du bal. Elle se trouvait alors avec d'autres filles dans un coin de la salle où l'on pouvait acheter à boire, elle étancha sa soif tout en observant autour d'elle. C'était un spectacle pitoyable de voir ces jeunes gens dans leurs déguisements de fortune, fatigués après l'agitation du bal. Mais voici qu'un homme entra en scène. Jon Jonsson. En costume noir, faux col et manchettes. Si délicieusement apprêté, svelte et bien coiffé. Était-ce à dire qu'il n'était pas allé avec son père à Bessastadir, contrairement à ce que sa mère avait laissé entendre ?

Sigurlina reposa son verre et s'apprêtait à le rejoindre, mais elle s'arrêta net en voyant qui l'accompagnait. Une femme en robe de soie noire ornée de galons rouges, qui portait une tournure sous sa jupe. La Danoise. Sigurlina n'avait pas remarqué qu'elle était si grande. Et si jolie, bien que plus âgée que son cavalier. Ils lui adressèrent un regard amical, mais au lieu de les saluer, elle quitta la salle en trombe. Elle avait tenté d'ignorer une réalité qui, tout à coup, lui sautait aux yeux : Jon était manifestement fiancé à cette inconnue dont elle n'avait jamais entendu parler en ville, il était trop tard. Elle se demandait ce qui était le pire : le fait que le jeune homme lui échappait ou la honte dont elle venait de se couvrir par sa réaction stupide. Pouvait-elle retourner dans la salle et faire comme si de rien n'était, réparer cet acte irréfléchi ? Sans doute que non. Des sourires narquois et des ricanements. Elle imaginait bien les réactions de ceux qui se trouvaient là lorsqu'elle était partie. Bon sang. Où était son frère ? Au même instant, elle entendit une voix prononcer le nom du jeune homme. Adossés à un mur, quelques-uns de ses amis discutaient en fumant. Ils parlaient de lui. De son départ pour le Danemark : "Mais si, il prend le bateau cet automne."

Sigurlina regarda droit devant elle : Quoi ? Son frère allait partir à Copenhague ? Pourquoi ne lui avait-il rien dit ? Leur père avait-il prévu de le faire à son retour à Reykjavik ? Et d'où venait tout à coup cet argent ? Elle scruta les alentours. Les jeunes hommes étaient retournés à l'intérieur, la laissant seule dans la pénombre. Sur le sol mouillé, vêtue de la robe que sa mère lui avait confectionnée pour sa communion, et qui lui allait encore. L'air était froid et humide après les averses de la soirée. Elle avait oublié son châle dans la salle et il y resterait. Elle ne retournerait pas dans ce bâtiment. Et elle ne pouvait pas non plus s'attarder ici plus longtemps.

Elle remonta le bas de sa robe, ôta son masque, courut jusqu'au bout de la rue Kirkjustræti puis s'engagea dans Adalstræti. La chaussée n'était plus qu'un bourbier. Elle essaya de sauter de pierre en pierre en se dépêchant. À nouveau, il pleuvait. Arrivée au bout de la rue, elle voulut sauter par-dessus une grande flaque d'eau, mais glissa dans la boue et tomba à la renverse. Sur les fesses. Parce qu'elle n'eut pas le temps d'amortir sa chute, ses mains étant occupées, l'une à retenir le bas de la robe qu'elle voulait protéger, l'autre encombrée par son masque. Elle avait tout fait pour que le vêtement de soie blanche ne soit pas souillé. Or, désormais, il était entièrement maculé. En se relevant, elle entendit un petit rire dans son dos. Elle tourna la tête et découvrit le pauvre Kristjan qui franchissait le portail des entrepôts de chez Duus. Puis continuait sa route en claudiquant, vêtu de son drôle de manteau, la gouvernante marchant derrière lui.

Elle gravissait maintenant la côte à grandes enjambées sans plus se soucier de la terre sous ses pieds, se torturant au cœur de la nuit en repensant à Jon, à sa prestance sans pareille parmi ces péquenots, parmi tous ces provinciaux rougeauds qui sentaient la sueur. Elle pensa à son frère, elle pensa à son père. Elle pensa à Watson et voilà : elle était arrivée chez elle. Elle monta dans sa chambre, s'efforça de nettoyer le gros de la boue qui avait souillé sa robe et feignit d'être endormie quand son frère poussa la porte. Non, elle n'était pas en partance vers un rêve qui lui permettrait d'échapper à ce quotidien désespérant, mais vers un ailleurs lointain dont elle ignorait jusqu'à la nature. Et, cette fois-ci, elle n'avait pas l'intention de demander conseil à sa mère en scrutant son visage derrière le verre du cadre suspendu au-dessus de son lit.

Elle se redressa, alla s'installer à son bureau et prit le miroir que son grand-père avait offert à sa grand-mère, et dans lequel cette dernière avait toujours refusé de se regarder. Ce miroir que la vieille femme lui avait laissé en héritage parce que, contrairement à elle, Sigurlina adorait y observer son visage. Le reflet que renvoyait le verre piqué par le temps était boursoufflé par les larmes. Était-elle condamnée à s'étioler jusqu'à se dissoudre avant de pouvoir quitter ce lieu de misère ? Elle ne pouvait pas être plus seule au monde que dans cette petite ville, dans cette petite maison, au fond de cette petite chambre. Elle regarda les murs blancs et pensa au visage qu'elle y voyait parfois dans la pénombre, ce visage qui tentait de l'attirer vers lui alors que son esprit flottait entre le sommeil et la veille. Elle avait maintenant l'impression de savoir à qui ce visage appartenait et ce qu'il désirait. Ne valait-il pas mieux être moins que zéro quelque part au centre du monde que quantité négligeable perdu dans sa lointaine périphérie et n'être même pas conscient de son insignifiance ? Jusqu'au moment où un étranger s'allonge sur vous et se met à haleter. Elle observait son reflet avec le même regard fixe que Watson, allongée une jambe en l'air, pétrifiée, les pieds dans ses souliers de peau, impuissante, son tablier remonté jusque sur la poitrine, vulnérable, la natte retombant sur la joue, cette natte enserrée dans un étui d'argent que les étrangers prennent pour une longue-vue. Combien de temps allait-elle rester allongée là ? Sans doute jusqu'à ce que son père quitte l'existence terrestre. Avait-il jamais envisagé pour elle un autre rôle que de s'occuper de lui et de l'aider dans son travail jusqu'à sa dernière heure ? Quand viendrait le moment ? Dans vingt ans ? Trente peut-être ? Une idée surgit brusquement dans sa tête. Elle se leva, se précipita en bas de l'escalier et dans le bureau de son père. Où était cette lettre ? Elle posa les mains sur une pile de documents et se mit à les retourner dans tous les sens. L'espace d'un instant, elle se demanda si elle n'avait pas rêvé, mais au même moment elle la vit descendre doucement vers le sol. Elle attrapa au vol le papier fin et murmura aussi fort qu'elle le put, d'une voix qu'elle reconnaissait à peine comme étant la sienne : "Tel sera mon destin !"

II

Burgdorf. Riverside Drive

Bestiary. Un bestiaire. Une bonne centaine de représentations d'animaux sur un parchemin anglais datant du milieu du XIIe siècle. Il sort prudemment l'ouvrage du paquet avec le geste sûr du professionnel, brûlant de cette excitation, de cette impatience dont il ne se départira jamais. C'est là le moteur de l'existence silencieuse et solitaire de Franz W. Hoffmann, propriétaire de la plus importante collection de livres et de manuscrits de Nouvelle-Angleterre, un des membres les plus riches de la société prospère de Manhattan. Spécialiste de l'histoire du Moyen Âge européen bien que sa passion se soit manifestée depuis un certain temps par le besoin d'acquérir de vieux ouvrages et des manuscrits anciens témoins de cette période plutôt que des livres d'histoire à proprement parler. Hoffmann pose le manuscrit sur une grande table au milieu de la pièce. Non, en réalité, on ne peut pas dire qu'il s'agisse d'une pièce, mais plutôt d'une salle dont la superficie avoisine sans doute les cent mètres carrés et sur deux niveaux en comptant la coursive en hauteur qui longe les quatre murs jusque dans les recoins abritant également des livres, des livres dont personne ne connaît le nombre en dehors des imposants registres d'acquisition que gère cet homme, ces registres reliés, posés sur la table devant laquelle il se tient tandis qu'il contemple son nouveau trésor. Il est plus de minuit. Ici, on ne distingue pratiquement pas le jour de la nuit : c'est un espace sans fenêtres, une voûte ornée d'élégants bas-reliefs et d'entrelacs disposés autour de la fresque du plafond qui puise son inspiration dans la mythologie germanique. Et c'est là que Hoffmann passe dix-huit heures par jour, là qu'il nourrit sa noble folie en caressant sa collection. C'est un homme de taille moyenne aux traits plutôt banals, mais svelte, presque décharné, les cheveux gris et clairsemés rabattus sur la nuque. Sa barbe assortie, à la fois grossière et fournie, dissimule toutes les expressions de ses lèvres sous son nez aquilin. Ses yeux clairs sont légèrement enfoncés, comme s'ils avaient vu tout ce qu'ils voulaient voir. Hoffmann est septuagénaire.

Des dieux grecs en marbre et grandeur nature sont exposés dans le grand hall devant la bibliothèque, c'est de là que part l'escalier en pierre blanche qui mène à l'étage. Le bâtiment compte une kyrielle de pièces, l'une d'elles est occupée par Hermine, la mère grabataire de Hoffmann. Nonagénaire, elle est clouée dans son lit à baldaquin depuis plus d'un an, et on la change régulièrement de position. Cette pièce possède deux fenêtres qui partent du sol et montent jusqu'au plafond, disposées de part et d'autre de la grande cheminée et de son imposant manteau en marbre. L'ensemble est meublé en style Louis XVI à l'exception de Gaspar, le roi mage grandeur nature sculpté dans le bois et dont la tunique est ornée d'un liseré d'or. D'origine mauresque, il provient d'un cloître du Moyen Âge situé à Baden-Baden et accompagne la famille d'Hermine depuis bien longtemps. Il trône désormais dans le coin à côté du lit de la vieille dame, veillant sur elle entre les passages des deux domestiques et du médecin qui la visite une fois par semaine. Hoffmann vient également s'asseoir au chevet de sa mère avant d'aller se coucher, mais ce soir il a oublié l'heure, fasciné par le manuscrit qu'il vient d'acquérir, Hermine s'est donc endormie seule, après que la femme de chambre est passée s'occuper d'elle comme à l'accoutumée.

Ce sont donc les seuls événements qui prennent place dans ce manoir de plus de cinquante pièces, installé sur les rives de l'Hudson, à l'écart des demeures cossues des citadins fortunés. Hoffmann l'a fait construire peu après le décès de son père et l'a baptisé du nom de la ferme où était né ce dernier. Quant à l'emplacement choisi, c'est en quelque sorte une manière de se démarquer de la société dont il a pourtant toujours fait partie, la classe des millionnaires qui, cédant à leur vanité et à leur folie des grandeurs, ont érigé des palais sur les avenues situées à l'est de Central Park. Désormais, il n'entretient plus aucune relation avec ces gens, et la plupart de ceux qu'Hermine et son époux, patron des Aciéries Hoffmann Père, ont connus lorsqu'ils étaient arrivés d'Allemagne pour s'installer à New York sont aujourd'hui décédés. La richesse des héritiers a été démultipliée par rapport à celle de leurs ancêtres et leur train de vie à l'avenant. Cela vaut surtout pour les nouveaux membres venus s'ajouter au groupe à la dernière génération.

L'accumulation de richesses dans le grand centre financier qu'est New York est à la fois ce qui alimente un nouveau style de vie et s'en nourrit grâce à une production industrielle en perpétuelle expansion. L'augmentation insensée de la population, l'immigration, est la mère de tous ces excès. Depuis que la famille Hoffmann s'est installée ici, les habitants de Manhattan ont presque triplé. Chaque jour, plus de cinq mille arrivants débarquent à Ellis Island, sur la côte du New Jersey, et transitent par le bâtiment des douanes tout récemment érigé. Le port déborde de paquebots, qu'importe, d'autres accostent constamment. L'un d'eux essuie une tempête au large de la Nouvelle-Écosse, il monte et descend en ce moment même sur des creux de dix mètres. Le *Buchanan*, navire à vapeur de neuf mille tonnes, en provenance de Glasgow, navigue depuis sept jours avec un millier de passagers à son bord, des gens de toutes nationalités, ballotés par les flots : dans les salons de la première classe, dans les couchettes exiguës des entreponts. En deuxième classe, dans une cabine pour quatre personnes, une jeune femme se tord, en proie à un affreux mal de mer. Allongée sur la couchette du haut, elle s'accroche désespérément aux barreaux. C'est Sigurlina, fourbue, exténuée. Elle voyage depuis quatre semaines, depuis qu'elle a quitté Reykjavik, le lendemain du bal masqué. Depuis cette soirée fatale. Les choses s'enchaînèrent à toute vitesse dès qu'elle retrouva la lettre sur le bureau de son père : elle remonta dans sa chambre, fouilla dans son fatras, scruta la nuit à la fenêtre, vers le rivage et s'écria : le *James* ! Puis elle répéta le nom à voix basse tout en sortant sa valise où elle mit tout ce qu'elle possédait : ses vêtements, quelques livres, deux romans anglais, des photos, des ouvrages d'aiguille, le petit coffre contenant son argent. Elle cala les lettres et l'antique fibule tout au fond, cette maudite broche qui lui restait sur les bras et qu'elle devait bien ranger quelque part mais qu'elle aurait préféré faire disparaître, cacher sur le rivage, jeter à la mer, oui, balancer dans l'océan, franchement, quelle idée !

Puis elle se prépara à partir, elle enfila sa tenue de voyage, la robe à rayures qu'elle avait achetée l'an dernier et la veste noire qu'elle s'était confectionnée mais n'avait pas encore portée. Alors qu'elle achevait de la boutonner, elle tomba à genoux au pied de son lit, anéantie par le désordre de ses pensées incontrôlables et par ses décisions délirantes, épuisée par l'agitation qu'exigeaient lesdites décisions, mais elle prit son courage à deux mains, se retourna pour ôter la photo de sa mère sur le mur et la posa sur ses genoux quand la pendule du rez-de-chaussée sonna cinq heures. Elle s'allongea encore sans lâcher le portrait qu'elle serrait contre sa poitrine, une main posée sur le cadre, jusqu'au moment où elle fut réveillée en entendant son frère se lever et quitter la maison en claquant la porte. Elle se prépara à nouveau, résolue bien que bouleversée, rangea la photo de sa mère dans sa valise, la ferma, la poussa sur le palier, un peu trop loin vers l'escalier, si bien que le bagage dévala les marches raides à grand bruit et alla s'écraser sur le parquet avec un tel fracas que la jeune fille laissa échapper un cri. Elle descendit dans le bureau de son père et regarda à la fenêtre pour s'assurer que son hurlement n'avait réveillé personne ; voyant que les maisons voisines étaient plongées dans le noir, elle s'installa à la table de travail de Brandur et lui écrivit une petite lettre qu'elle posa sur l'étui en bois installé dans un coin du plateau, puis elle se rendit dans la remise pour se préparer un casse-croûte : deux tranches de petit salé, plusieurs boudins au foie, un gâteau de Noël entier, un petit morceau de fromage et tout le pain qui restait.

La pendule sonna huit heures, le moment était arrivé, elle sortit de la maison et appela deux gamins qui traînaient plus bas dans la rue pour leur demander de l'aider à porter ses bagages jusqu'à la jetée de Geirsbryggja où arrivait justement une barque. Celui qui la manœuvrait – elle ne le connaissait pas – ne lui posa pas de questions quand elle le pria de la conduire jusqu'au *James*, un navire chargé de moutons. Debout sur le pont, le capitaine secoua la tête en lui disant qu'il n'avait pas de place pour une femme. Sigurlina se leva dans la barque en contrebas et exigea avec une telle véhémence et un si profond désespoir de monter à bord pour lui exposer l'urgence de son voyage en Écosse qu'il consentit à la recevoir et à écouter l'histoire embrouillée et incompréhensible de cette jeune femme petite et mince qui agitait quelques billets dans sa main. Il accepta finalement de l'inscrire sur le registre de bord et lui indiqua une minuscule cabine à côté de la sienne en lui disant qu'elle devrait s'en contenter, elle avait le choix entre ce placard sans hublot et la cale remplie de moutons et de chevaux. Dès que Sigurlina entra dans cette cabine, tandis qu'on hissait sa valise à bord, l'histoire du départ de la fille de Brandur Jonsson commença à se répandre en ville, depuis le rivage où quelqu'un l'avait aperçue avec son bagage, puis dans les rues où les citadins échangeaient des regards interrogateurs, suffoquant parfois de surprise, persuadés qu'un drame était arrivé. Ils craignaient pour sa sécurité à bord de ce navire en route vers le sud sous un noroît forcissant avec à son bord pour sa traversée de sept jours jusqu'en Écosse Sigurlina cantonnée dans ce minuscule cagibi, plongée dans la lecture de Scott et de Dickens, puis à nouveau de Scott, s'endormant bercée par les bêlements des moutons et les hennissements des chevaux, se réveillant en pleine nuit, en proie au doute, au remords : Bon sang, qu'ai-je fait ? Ou mangeant du fromage, du boudin, du pain, du gâteau de Noël et buvant le café que le cuisinier lui apportait une fois par jour. Ce furent pour ainsi dire les seuls rapports qu'elle eut avec l'équipage. De toute la traversée, elle se risqua fort peu à sortir, montant juste une fois ou deux sur le pont parce qu'elle étouffait dans sa cabine qui ressemblait en effet plus à un cagibi qu'à autre chose. Respirer l'air marin accoudée au bastingage l'avait presque étourdie, c'était à peine si elle avait eu la force de répondre à la salutation du capitaine qui l'avait regardée en se demandant manifestement si elle n'avait pas perdu la raison. Lorsqu'il prit congé d'elle à Leith, il le fit toutefois si gentiment qu'elle eut la gorge serrée en montant dans le train pour Édimbourg, mais elle avait eu le temps de se remettre quand elle tendit au cocher devant la gare de chemin de fer une enveloppe vieille de deux ans où était inscrite l'adresse de Pall et Kristin avant de parcourir les ruelles étroites de la ville vers leur maison. Son apparence n'avait rien à voir avec ce qu'elle avait imaginé et ce n'était d'ailleurs plus leur domicile aux dires de la jeune fille qui était venue lui ouvrir en lui montrant une autre maison plus bas dans la rue, maison où une autre dame lui en indiqua encore une autre et ainsi de suite jusqu'à ce que le fiacre arrive dans une autre rue et s'arrête devant une bicoque où personne ne vint lui ouvrir. Sigurlina dut passer par-derrière, descendre quelques marches et frapper à une porte noire qui s'ouvrit avec lenteur. Elle tambourina sur le bois avec l'affolement de qui erre dans la nuit en terre inconnue. Puis elle s'effondra en voyant son ami islandais, sans vraiment se rendre compte de l'état pitoyable dans lequel il se trouvait ni à quel point il avait l'air affaibli, elle n'en prit conscience qu'une fois entrée et quand il lui raconta la triste histoire de sa femme, Kristin, partie avec un Anglais, et qui vivait maintenant à Londres. Il y avait des mois qu'il n'avait plus aucune nouvelle, des mois qu'il était seul la plupart du temps, mais son regard brilla de joie en voyant sa compatriote après cette longue solitude. Il sembla revivre après s'être confié, il comprenait qu'il n'était plus seul au monde, il se leva d'un bond, fit un café, enthousiasmé par le projet de sa jeune amie, oh oui, évidemment qu'il allait l'aider à se procurer tout le nécessaire pour monter à bord du *Buchanan* qui devait lever l'ancre de Glasgow d'ici une semaine pour voguer vers New York.

Ce voyage s'est jusqu'à présent déroulé sans encombre. Elles sont quatre, allongées sur leurs couchettes. Tout à coup, Sigurlina n'en peut plus. Il faut qu'elle monte prendre l'air sur le pont. La coursive devant leur cabine étant encombrée de passagers, elle décide de passer par l'autre extrémité et tombe alors sur un couloir qu'elle n'a jamais emprunté. Elle avance à tâtons dans l'obscurité et atteint un escalier. Arrivée en haut, la voilà perdue. Elle longe coursive après coursive, emprunte un second escalier et trouve enfin une ouverture vers le pont supérieur. La porte refuse d'abord de s'ouvrir puis lâche d'un coup. Sigurlina tombe à plat ventre, un paquet de mer s'abat sur elle. La moitié du corps par terre dans l'embrasure, la jeune femme essaie de se relever, mais une autre vague percute le navire de plein fouet et la plaque à nouveau au sol. Submergée, elle glisse sur le pont et accompagne le paquebot tandis qu'il descend la vague. Elle parvient de justesse à s'agripper à un garde-corps, avant de passer par-dessus et de se retrouver projetée sur le pont inférieur. Elle remonte sur le pont supérieur et, alors que le navire escalade la vague suivante, elle reste allongée à plat ventre. Le bas de sa robe étalé en corolle autour d'elle, elle regarde le paquebot, les passagers blottis les uns contre les autres qui boivent la tasse, s'agrippent aux piliers, aux colonnes, s'accrochent à tout ce qui peut les retenir à bord. Le navire se redresse. Elle lâche prise un instant, plonge une main dans la poche de sa robe ruisselante, cherchant de sa petite main le document qu'elle ne doit surtout pas perdre, son autre main, blanche comme neige, agrippée au barreau d'une rampe d'escalier. Elle le serre encore plus fort quand le paquebot grimpe la vague suivante, trouvant enfin ce qu'elle cherche. La lettre adressée à Brandur Jonsson, Director of the Antiquarian Collection, et datée du début de l'automne. Une missive sous enveloppe dont le rabat porte le nom et l'adresse de l'expéditeur : Dr. Franz W. Hoffmann. Burgdorf. Riverside Drive. New York City.

Réception à Reykjavik, mars 1897.
Au milieu de la réunion

– Un homme tout à fait singulier, déclare le Pasteur en affichant une grimace alors que le Gouverneur réapparaît dans le salon – il revient des toilettes – après avoir commencé à informer ses invités sur le dénommé Franz W. Hoffmann qui semble, conjointement avec Sigurlina, jouer un rôle important dans l'affaire évoquée pendant la réunion.

– Plutôt, oui, convient le Trésorier du roi. Il se recule au fond du canapé et fait un geste à l'homme assis à son côté, le Poète, comme pour lui donner la parole, dans l'espoir que celui-ci vienne confirmer ses propos. Le Poète réagit aussitôt, il caresse sa barbe :

– Quelle vilaine affaire !

– Celle du *Codex Scardensis* ?

C'est l'Historien qui pose la question. Mais elle reste en suspens, les autres invités se contentent de répondre les uns après les autres : Quoi ? Comment ? Puis le jeune Rédacteur en chef fournit quelques explications :

– Les *Sagas des Apôtres* contenues dans le manuscrit de Skard, le *Skardsbok*, disparu depuis longtemps et qu'on vient de retrouver en Angleterre.

– Or ce brave homme a emporté quelques petites choses dans sa malle, n'est-ce pas ? s'enquiert l'Historien. Ce à quoi le Poète répond aussitôt :

– Oh que oui ! Il a acheté un certain nombre de manuscrits et de livres anciens.

Les autres hochent la tête et murmurent. À nouveau le jeune Rédacteur en chef interrompt leurs vagues conjectures, un peu nerveux, il inspire profondément :

– Puis-je savoir en quoi il y aurait un lien entre ce collectionneur américain et le départ de Sigurlina ?

Avant de pouvoir répondre à cette question, le Gouverneur précise qu'il doit d'abord leur présenter une troisième personne impliquée dans cette affaire, une femme : Brenda Anderson. Est-ce que ce nom vous dit quelque chose, elle a fait des recherches sur Gudridur Thorbjarnardottir, dont il est question dans la *Saga d'Erik le Rouge.*

Mais personne ne connaît Brenda Anderson, comme le Gouverneur s'y attendait.

Sigurlina d'Islande – Sigurlina from Iceland

Même si sa robe la plus présentable, suspendue dans la cabine, avait passé la nuit entière à sécher, le bas était encore humide après ses aventures de la veille. Pourquoi n'avait-elle pas attendu que le paquebot soit arrivé à quai pour l'enfiler ? Heureusement, elle portait son élégant chapeau de paille tout neuf acheté à Édimbourg et orné de fleurs roses. Ce dernier la rassurait, perdue qu'elle était parmi la foule dans le grand espace froid du bâtiment de l'Immigration d'Ellis Island, à deux pas de la côte du New Jersey. Vaccinée, un bout de papier épinglé sur la poitrine, occupée à répondre à une foule de questions étranges et à expliquer ce qu'elle venait faire en Amérique. Dès qu'elle eut montré la lettre aux employés, on lui accorda l'autorisation de débarquer.

Un ferry la conduisit à la 42e rue où elle prit un fiacre. C'est l'instant décisif, pensa-t-elle, trop fatiguée pour mesurer le gigantisme des lieux ou redouter le moment où elle atteindrait sa destination. La vision qui s'offrit à elle en arrivant la sortit d'un coup de sa torpeur. Burgdorf. Elle aurait sans doute dû deviner qu'avec un nom pareil, la maison ne pouvait qu'être grande. Mais il devait tout de même y avoir erreur. Elle tendit à nouveau l'enveloppe au cocher. Le petit homme grassouillet hocha la tête sous son haut-de-forme, il descendit sa valise et la porta sur le chemin dallé qui conduisait à la bâtisse. Sigurlina le suivit en regardant autour d'elle. Dès qu'il eut posé le bagage devant la gigantesque porte aveugle et que la jeune fille eut payé la course, il disparut.

La laissant seule avec sa valise. Elle remit son chapeau en place, lissa sa robe, ajusta son couvre-chef, lissa une nouvelle fois le tissu de son vêtement, serra les poings, avança le droit et s'apprêta à accomplir ce qui lui semblait relever de l'impossible : les petits coups qu'elle donna se perdirent aussitôt dans le bois massif et sculpté. Comment s'ouvrait cette porte ? Il n'y avait pas de poignée. Son regard tomba sur un petit bouton au centre d'une rosace dorée à droite dans l'encadrement en pierre. Une sonnette. Elle l'effleura, craignant de déclencher une catastrophe si elle appuyait trop fort. Elle ramena subitement sa main à elle lorsqu'elle entendit du bruit derrière le battant, elle aperçut alors les gonds de la titanesque menuiserie.

Un homme vêtu de noir se tenait dans l'embrasure, une écharpe blanche autour du cou. Il lui souhaita bonjour et s'inclina avec modération. Bien que suffoquant, elle répondit à sa salutation. Elle s'appelait Sigurlina. Elle venait d'Islande et souhaitait voir M. Hoffmann.

"*From Iceland?*" Le domestique eut un sourire avenant puis toussota lorsqu'il découvrit sa valise posée derrière elle. Il hésita un moment dans l'embrasure, puis un autre homme sorti de la pénombre arriva et le tira d'embarras. C'était manifestement le maître de maison, le domestique recula et se mit à l'écart, s'apprêtant sans doute à prendre les dispositions qui s'imposaient face à cette visite inattendue. Hoffmann s'avança. Sigurlina baissa les yeux, le salua, lui tendit la main – et la lettre. Hoffmann attrapa la missive et pria la jeune fille d'entrer. Comme ils ne pouvaient pas laisser la valise dehors, le domestique, ou disons le majordome, la porta dans le hall sous le regard inquiet de son maître. Hoffmann ouvrit l'enveloppe et lut ce qu'il avait lui-même écrit quelque trois mois plus tôt :

Burgdorf, Riverside Drive,
27 juin 1896

Cher monsieur Jonsson,

Permettez-moi de commencer par vous rafraîchir la mémoire sur les circonstances de notre première rencontre. Il y a une dizaine d'années, je suis venu en Islande avec un de mes collègues allemands pour visiter les principaux sites historiques. Au terme de notre voyage, nous avons passé du temps à Reykjavik où je suis allé plusieurs fois à la bibliothèque et à la Collection des antiquités, alors hébergées dans le bâtiment du Parlement, et où nous avons discuté entre autres choses de l'avenir du musée et du fonds historique de la bibliothèque. Je vous suis éternellement reconnaissant pour ces conversations et ces échanges aussi passionnants que stimulants.

Depuis ma visite en Islande, je m'intéresse de plus en plus à l'histoire et à la littérature de votre pays et, depuis maintenant plusieurs années, mes recherches sont entièrement dévolues à des documents en rapport avec la découverte de l'Amérique par les Islandais, un sujet qui n'a pas laissé de susciter récemment une certaine curiosité dans notre société. Hélas, cet intérêt lettré pour la culture islandaise a souvent pris la forme de théories douteuses fondées sur des conjectures, étant donné que les sources historiques originales ne nous sont pas immédiatement accessibles. Voilà pourquoi, pour partie, je travaille à un projet qui vise à rassembler des informations issues de la littérature médiévale de votre patrie, en rapport avec la découverte de l'Amérique par des Islandais.

J'en viens maintenant au motif de ma lettre : je me permets de vous demander par la présente de me recommander un assistant de langue maternelle islandaise et possédant *une bonne connaissance des Sagas, plus particulièrement de celles du Vinland ; il serait également souhaitable qu'il soit capable de déchiffrer des manuscrits en vélin fixés sur support photographique (ou sur les copies en papier qui se trouvent en ma possession) et qu'il ait une connaissance substantielle de la langue anglaise. Cet assistant sera nourri et logé à mon domicile et recevra un salaire pour une durée minimale d'une année.*

Respectueusement,
Votre collègue,
Dr. Franz W. Hoffmann

Hoffmann leva les yeux et adressa un regard inquisiteur à Sigurlina qui répondit d'une voix haute et claire, le regard rivé sur les dalles de pierre :

– Je suis votre assistante !

Hoffman se mit lui aussi à fixer le sol, il passa une main sur son visage émacié, empoigna sa barbe comme pour l'arracher, puis releva les yeux, la regarda à la dérobée et lui demanda comment elle s'était procuré cette lettre adressée à M. Johnsson. Elle lui répondit qu'elle était la secrétaire de son père, Brandur Jonsson, qu'elle savait déchiffrer les manuscrits et qu'elle possédait toutes les connaissances et l'expérience exigées. Est-ce Brandur lui-même qui me l'envoie ? se demanda le maître de maison. Réticent à lui poser la question, il entreprit de lui expliquer qu'elle ne serait d'aucune utilité. Hélas, il s'y prit fort maladroitement – il était conscient des convenances de son époque même s'il ne les comprenait pas vraiment –, le temps s'immobilisa, le majordome fit mine de partir, sans doute par souci de politesse autant que par devoir. Hoffmann lui fit signe de rester, comme s'il voulait qu'il partage le silence qui emplissait à ce moment le magnifique hall de cette demeure où il y avait bien peu de place pour l'imprévu malgré le gigantisme de la bâtisse. Hoffmann semblait réfléchir : Que dois-je faire ? Là, de suite ? Un scientifique travaillant dans son domaine ne pouvait se permettre de fermer sa porte à quelqu'un qui venait d'Islande. Qui plus est, cette demoiselle était la fille d'un homme qui l'avait accueilli avec une grande hospitalité et lui avait rendu une foule de services lorsqu'il avait visité leur île. Se peut-il que Brandur lui-même soit à l'initiative de tout cela, qu'il ait l'impression que je lui dois un service ? Parfait. Mais où dois-je installer cette jeune personne ? À l'étage ou au rez-de-chaussée ? Quel est le rang d'une secrétaire en Islande ? Est-elle considérée comme employée de bureau ou comme enseignante ? C'est que ce manoir n'a toujours hébergé que ses propriétaires et leurs domestiques. Tout simplement, Hoffmann n'avait pas réfléchi à ce qu'impliquait son projet d'employer un assistant islandais. Il était désemparé, Sigurlina était elle aussi troublée, même si elle avait conscience qu'elle aurait dû s'attendre à sa réaction. Elle s'était remise à lisser sa robe, comprenant subitement que sa folle entreprise l'avait conduite à l'humiliation. Et s'il n'y avait pas eu l'énorme valise posée derrière elle dans ce hall immense, elle aurait présenté sans délai ses plus plates excuses avant de prendre congé pour aller affronter un avenir peuplé d'incertitudes. Cela ne pouvait pas être pire que de respirer l'air étouffant de ce manoir.

Puis la tension retomba d'un coup. Hoffmann fit signe à son majordome, M. Gilbert, de monter le bagage à l'étage en indiquant à Sigurlina de le suivre. Jusqu'au sommet des marches et dans ce qu'il appela la chambre bleue. L'ordre qu'il donna était à la fois vague et hésitant, ce qui n'empêcha pas Gilbert de s'exécuter sur-le-champ.

Quand le majordome eut refermé la porte, Sigurlina s'installa dans le grand fauteuil bleu cobalt. Tremblante, elle était au bord des larmes. De honte, mais tout autant de soulagement. Son petit doigt lui disait qu'ici, elle était entre de bonnes mains, elle n'avait d'ailleurs jamais réellement douté qu'il en soit ainsi. Dans le cas contraire, elle n'aurait pas entrepris ce long périple. En revanche, elle ne s'était pas attendue à ce que le terme de son voyage soit un palais comme celui-ci. Certes, les gens qui viennent visiter l'Islande ne vivent pas dans le dénuement, mais les hommes de science ne sont pas non plus des rois. En contemplant les lieux, elle se sentait écrasée, tout cela était décidemment très embarrassant pour l'intruse qu'elle était. Son acte signait-il le déshonneur de son père ? De la nation islandaise tout entière ? Non, ce n'était pas possible. Son père avait reçu une lettre où était formulée une demande, elle s'était contentée d'y répondre à sa place. Ne passait-elle pas son temps à trouver des solutions pour le soulager de ses nombreuses tâches ? Hoffmann avait-il précisé que son assistant devait être un homme ? En fin de compte, la situation n'était pas aussi catastrophique qu'elle l'avait craint quelques instants plus tôt.

Une servante arriva à ce moment-là et posa un plateau sur la table. La manière dont elle lui souhaita bonjour et son sourire fuyant laissèrent Sigurlina dans une profonde détresse. L'attitude de cette jeune fille sous-entendait clairement qu'elle allait éclater de rire dès qu'elle serait sortie de la chambre. Ou qu'elle poufferait, arrivée à la cuisine. Peut-être qu'un tas de gens travaillaient ici ? Quant à Gilbert, le majordome, n'était-il pas en train de raconter aux domestiques de ce palais qu'une pauvre fille était venue frapper à la porte du grand monsieur avec un petit chapeau à fleurs sur la tête en traînant derrière elle une grosse valise en bois ? Elle ôta son couvre-chef, il lui semblait minable et bien loin d'être aussi élégant que lorsqu'elle l'avait acheté à Édimbourg tandis que Pall l'attendait devant la boutique. N'aurait-elle pas mieux fait de rester en Écosse pour étancher sa soif brûlante de longs séjours à l'étranger? Désir qu'elle comprenait d'ailleurs à peine, maintenant qu'elle était enfin arrivée à destination.

Ayant depuis longtemps fini le thé et les deux gâteaux qu'on lui avait apportés, elle avait ouvert la porte étroite qui donnait sur une autre pièce où elle avait trouvé un broc en porcelaine et deux autres récipients de la même matière, dont l'un était sans doute un pot de chambre. Elle regardait par la fenêtre le fleuve Hudson quand on frappa à la porte. C'était Gilbert, un dîner l'attendait à la cuisine. Il l'accompagna puis s'éclipsa. Elle mangea seule dans cette grande pièce qui semblait destinée à préparer des repas pour bien plus de convives qu'Hoffmann et sa maisonnée. Lorsqu'elle eut terminé le ragoût et les légumes qui l'accompagnaient, elle sentit une présence derrière elle. Gilbert était prêt à la reconduire à sa chambre.

Elle sortit sa chemise de nuit de sa valise et grimpa dans le lit. Éreintée, elle n'avait pas la force de s'interroger sur son avenir. Le matelas lui faisait presque mal tant il était moelleux. Elle ferma les yeux. Et les deux hommes, Hoffmann et Konrad Gislason*, se fondirent en un seul dans son esprit.

Hoffmann invita Sigurlina à s'asseoir. Pour sa part, il s'installa à son grand bureau, à environ cinq mètres d'elle. Il feuilleta des documents ou plutôt feignit d'être occupé à les feuilleter quand il prit la parole : il était très reconnaissant au père de la jeune femme et il consacrerait les prochains jours à lui trouver un emploi approprié en ville, de même qu'un logement, jusqu'à ce qu'elle retourne en Islande, au printemps prochain. Elle pouvait

* Grammairien et philologue (1808-1891), entre autres pionnier dans le domaine des dictionnaires de langue islandaise. (*Toutes les notes sont du traducteur.*)

maintenant remonter dans sa chambre. Ou sortir. Elle était évidemment libre de ses mouvements.

Libre de ses mouvements ? Elle ne pouvait pas prendre la moindre décision de manière autonome dans ce manoir. Elle osait à peine s'asseoir sur son pot de chambre et encore moins monter dans la baignoire. Elle ne savait même pas comment s'y prendre pour ouvrir la porte de la maison, était-elle censée l'ouvrir elle-même, devait-elle l'emprunter pour sortir ou fallait-il qu'elle en prenne une autre ? D'ailleurs, où devait-elle aller ? Fallait-il remonter la rue ? La descendre ? Elle se contentait de rester assise à sa fenêtre à regarder le fleuve, les femmes qui passaient en toute liberté, pédalant sur leurs bicyclettes. Et qu'y avait-il donc d'approprié pour elle dans cette métropole ? En tout cas, ça ne pouvait pas être pire que la situation dans laquelle elle s'était mise en entrant dans cette épouvantable demeure.

Le lendemain matin, on la pria à nouveau de descendre au rez-de-chaussée et de rejoindre Hoffmann dans son cabinet. Elle supposait qu'il lui avait maintenant trouvé un emploi. Au lieu d'aborder le sujet, il l'invita à s'asseoir à un petit bureau près du sien. Puis il lui tendit une pile de lettres qu'il lui demanda de recopier. Sur quoi, il s'installa à un mètre d'elle et se mit au travail.

La tâche était facile bien qu'ingrate. Des lettres concernant des acquisitions de livres, des questions financières et une foule d'autres sujets qui lui échappaient. Mais c'était agréable de sentir que son séjour ici et le silence qui régnait dans la pièce avaient un but, agréable de percevoir l'approbation d'Hoffmann à la vue de son écriture fine et élégante. Approbation qu'il manifestait par des gestes et des attitudes bien plus que par des mots, cet homme émacié n'ouvrait jamais la bouche plus que nécessaire. Les jours qui suivirent, il ne précisa pas si elle était devenue sa secrétaire.

Il le suggéra cependant plus ou moins en lui tendant la photographie d'un manuscrit sur parchemin. Un extrait de la *Saga d'Erik le Rouge*. Pratiquement identique au texte dont elle avait réalisé un double à partir du manuscrit sur papier appartenant à son père. Ce qui lui facilitait la lecture autant que le travail de copie. Quand la pendule sonna six heures, elle avait achevé cinq pages et venait selon elle d'apporter la preuve de ce qu'elle avait déclaré dans le hall quelques jours plus tôt. Elle était tellement heureuse en se levant de sa chaise qu'elle avait envie de ne pas se contenter de remercier Hoffmann pour cette journée passée à travailler ensemble comme on le fait habituellement, mais le silence du vieil homme était assourdissant et sa présence tellement oppressante que Sigurlina, jeune fille impertinente et impulsive, n'était plus qu'introversion et embarras. Et le jour où ils commencèrent à traduire et à annoter les fragments de texte, ils n'échangèrent que quelques mots çà et là. Elle s'était mise à l'imiter, se contentant de quelques répliques et exprimant ses pensées par de simples gestes. Parfois, elle avait l'impression de ne plus vraiment exister, l'impression qu'il n'y avait plus aucune réalité en dehors de celle du texte. Il n'y avait plus alors que ce manuscrit, les mots et l'histoire. Hoffmann jetait pourtant régulièrement des regards vers la table où elle travaillait, il observait sa main et la plume qui glissait sur le papier en y traçant des mots dans une langue qu'elle maîtrisait bien mieux que lui, ce qui la rendait nerveuse, mais en même temps l'encourageait.

Holda

Elle avait trouvé la sortie depuis un certain temps. Il suffisait de traverser le long couloir qui partait de la cuisine et débouchait sur l'arrière-cour. Elle s'était d'abord contentée de longer le fleuve avant de s'aventurer jusqu'au parc, puis plus loin vers l'est, passant devant une enfilade de beaux manoirs blanc crème. Ensuite, elle était allée beaucoup plus loin encore, là où la ville devenait plus dense et l'atmosphère tout à fait différente. Aujourd'hui, elle était descendue jusqu'à Broadway et la 20e avenue où, avec son salaire, elle avait acheté un manteau et un nouveau chapeau, plus grand que l'autre. Elle l'avait mis en sortant de la boutique, semblable dès lors à toutes les femmes qui longent les rues en route vers toutes sortes de destinations inconnues. Chacun va quelque part. Chacun a ses occupations.

Mais où Sigurlina pouvait-elle donc aller comme ça ? Tout simplement, elle descendait en ville, puis remontait chez elle. L'intérêt qu'elle manifestait pour ces déambulations ne tarda toutefois pas à s'émousser, remplacé par un sentiment de vacuité et une forme de gêne. Peut-être que, tout compte fait, il valait mieux vivre au sein d'une petite société monotone que d'être invisible, cernée par une agitation permanente. Parfois, elle s'amusait à bousculer les passants, doucement, mais les réactions qu'elle récoltait se limitaient à de l'agacement ou de la surprise, aux visages outrés de gens vivant dans un autre monde. Bien que très loin de chez elle, elle était encore claquemurée dans son petit univers. Ce microsome qu'elle n'avait quitté que pour mieux y retourner.

En rentrant au manoir, elle était éreintée. Elle le regagna en passant comme à l'accoutumée par l'arrière-cour. Une imposante voiture à cheval était stationnée sous le porche, des hommes quittaient la maison et portaient un cercueil. Les domestiques se tenaient sur le côté tandis qu'Hoffmann ouvrait la marche. Sigurlina s'arrêta. Son nouveau manteau lui sembla brusquement trop large et son chapeau trop grand. Elle se découvrit et demeura immobile tandis que les porteurs chargeaient le cercueil dans la voiture qui quitta aussitôt les lieux. Toute la maisonnée rentra à l'exception de Gilbert qui tendit la main à Sigurlina et l'emmena à l'intérieur tout en lui expliquant brièvement l'étrange spectacle auquel elle venait d'assister.

Sigurlina comprit tout à coup la position qu'elle occupait dans cette bâtisse. Certes, elle y jouait un rôle précis au jour le jour, mais ne faisait pas partie de la famille. Ici, des gens mouraient sans qu'elle sache qu'ils y avaient passé leur vie. Peut-être ce manoir abritait-il un tas de personnes dont elle ignorait l'existence ? Des mourants ? Elle ne savait même pas si le décès de la vieille mère du maître des lieux exigeait qu'elle porte le deuil, le silence qui planait ici ne pouvait pas être beaucoup plus pesant. Et lorsqu'elle eut présenté ses condoléances à son employeur, lorsqu'il l'eut remerciée de sa compassion, la vie reprit son cours comme si rien n'était arrivé.

Elle accomplit sans encombre sa première mission du jour qui ouvrait la nouvelle semaine. Elle releva le courrier, l'enregistra et le posa sur le bureau d'Hoffmann. Des lettres, mais également des colis. De vieux livres et manuscrits. Ce matin-là, elle sortit d'un des paquets une petite enveloppe et une épaisse pile de feuilles noircies d'une écriture serrée. Sur la première page, en grandes lettres ornementées : *Gudrid. The First Causasian Mother in America. – Gudrid. La première mère caucasienne d'Amérique.* Sigurlina enregistra le manuscrit et la lettre envoyés par l'auteur du récit, Brenda Anderson, demeurant au manoir de Vinlandia, à Newport, dans le Rhode Island. Elle prit tout son temps pour consigner le colis dans le registre, elle ne voulait pas s'en séparer, elle brûlait d'envie de lire la lettre et le manuscrit, mais ne pouvait pas se le permettre : bien que plongé dans sa lecture à côté d'elle, Hoffmann la surveillait constamment. Et voilà maintenant que, sans lever les yeux, il tendait la main pour qu'elle lui remette le contenu du paquet. Sigurlina continua à dépouiller la pile de courrier tout en observant son employeur à la dérobée. Il parcourut la missive, feuilleta le manuscrit et se mit à le lire, inspirant profondément par intermittence, puis le repoussant finalement sur le côté. Il se recula sur sa chaise en se frottant le visage du plat de la main et de ses longs doigts fins, exécutant ainsi presque autant de gestes et de mimiques que deux semaines plus tôt lorsqu'elle était arrivée à l'improviste.

Le lendemain soir, alors qu'elle faisait un ourlet à sa robe, elle entendit des hennissements dans la rue. La grande porte d'entrée claqua. Elle se leva pour aller à la fenêtre, écarta légèrement les épais rideaux et vit Hoffmann monter dans sa voiture. Où allait-il ? Ce n'était pas dans ses habitudes de sortir le soir. Sigurlina reprit son ourlet. Et qui était Brenda ? Et qu'en était-il de cette histoire de Vinland – nom dont les sagas islandaises désignaient l'Amérique ? Elle reposa son ouvrage, il fallait qu'elle descende au rez-de-chaussée. Juste pour voir si le manuscrit était encore là. Elle supposait qu'elle n'avait pas le droit d'aller fureter dans la bibliothèque seule le soir, mais n'en avait que pour quelques instants. En un rien de temps, elle se retrouva dans le cabinet du chercheur, se tenant devant le grand bureau. Le manuscrit était bien là. De même que la lettre de Brenda, posée dessus. Elle la parcourut rapidement, Brenda demandait poliment à Hoffmann de lire son livre et lui témoignait sa reconnaissance pour son travail de recherche sur ce qu'elle qualifiait de "*important part of our History*", "partie importante de notre histoire. Sigurlina se mit à lire le manuscrit proprement dit et s'installa sans même lever les yeux dans le grand fauteuil rigide de son patron. Le texte était apparemment une biographie de Gudridur Thorbjarnardottir qui s'inspirait librement des deux sagas islandaises dites du Vinland, la *Saga des Groenlandais* et la *Saga d'Erik le Rouge*, avec un certain nombre d'ajouts. Disons même un nombre conséquent, si bien que Sigurlina ne savait pas vraiment quoi en penser. Cela dit, elle n'arrivait pas à s'arrêter de lire, à se détacher de cette narration menée tambour battant, de ces descriptions, de ces personnages, ces conversations inventées et ces grands sentiments. Le récit de l'arrivée d'Einar Thorgeirsson à Arnarstapi, les cadeaux qu'il offrit à Gudridur, une ceinture à boucle dorée : "*For you, my lady, if you will accept it*", "Pour vous, madame, si vous l'acceptez". Le récit de leurs amours et leur fin, le départ de la famille pour le Groenland, les prédictions de Thorbjörg la voyante, le mariage de Thorsteinn et Gudridur, la mort de Thorsteinn, puis, au moment où le personnage de Karlsefni entra en scène, Sigurlina sursauta en entendant des sabots claquer sur le pavé dans la rue. Hoffmann ! Elle agita les feuilles pour les remettre en ordre et les reposa sur le bureau avec la lettre de Brenda. Puis elle éteignit la lampe, courut vers la porte et entendit celle de la maison s'ouvrir bruyamment.

La main posée sur la poignée, indécise, elle se demande si elle doit sortir et se précipiter dans sa chambre ou attendre en espérant qu'Hoffmann monte directement dans ses appartements sans faire halte dans son cabinet. Au moment où elle se décide enfin, il se tient dans l'embrasure et elle tombe nez à nez avec lui, la voilà coincée. On dirait qu'il veut l'empêcher de quitter la pièce en restant planté là, mais, s'il est immobile, c'est simplement parce qu'il est surpris et déconcerté. Quelques instants s'écoulent, qui ressemblent à une éternité, aucun ne dit un mot, aucun ne bouge, puis Sigurlina le contourne en douceur, se faufilant entre son employeur et l'encadrement de la porte. Son front effleure la barbe humide d'Hoffmann, le frisson qui lui parcourt le corps n'a rien à voir avec le froid, mais avec l'émotion qui s'empare d'elle lorsqu'il lui prend le bras, ce qui la force à lever la tête et à le regarder droit dans les yeux. Ses yeux clairs et terrifiants, plus exactement d'une beauté saisissante, jusqu'au moment où il ferme les paupières et la serre dans ses bras. Son étreinte est ferme, son torse parfumé de senteurs exotiques. Ce contact physique rapproché après une si longue et étrange solitude dans cette grande bâtisse, dans cette métropole, pourrait être fatal à Sigurlina, mais elle ne peut se résoudre à voir cette sensation disparaître, alors elle lui enserre la taille de ses bras fins, le visage posé contre son torse. Elle ferme les yeux, presse encore plus fort sa tête contre sa poitrine, mais voilà que tout à coup il lâche prise, on dirait presque qu'il la repousse.

C'est qu'on vient de l'apostropher. M. Gilbert est arrivé dans le hall pour débarrasser le maître de maison de ses vêtements et le servir, conformément aux usages de cette demeure. Lors d'un cérémonial qui s'achève au moment où Hoffmann entre dans son cabinet, Sigurlina semble s'être évaporée. Elle ne sait même plus comment elle a regagné sa chambre et ce qui vient d'arriver lui paraît trop étrange pour être réel. Cependant, les gouttes d'eau restées sur son front et la pluie battante à la fenêtre indiquent que ce qu'elle vient de vivre n'est pas le fruit de son imagination. Mais, au fait, que s'est-il passé ? Elle avait perçu une proximité qu'elle désirait, avait entrouvert le livre fermé abritant les secrets de cet homme. Mais à quoi pensait-il ? se demanda-t-elle en se couchant. Voulait-il la conquérir ? Elle ne l'avait pourtant jamais regardé avec les yeux du désir. L'idée était juste ridicule ! Comment ferait-elle quand elle se retrouverait face à lui le lendemain ?

Tout cela, Sigurlina n'avait pas à s'en inquiéter car dès qu'il eut refermé la porte de la bibliothèque, éméché et honteux de la manière dont il venait d'agir avec cette jeune Islandaise rayonnante à peine sortie de l'enfance, consterné à la pensée de son comportement sans retenue, pour ne pas dire grivois, chez Mme Chapman plus tôt dans la soirée, il gravit l'escalier montant à la coursive en hauteur qui faisait le tour de la bibliothèque, attrapa le grand escabeau, le poussa le long des rayonnages et monta sur la plus haute marche dès qu'il crut avoir trouvé l'emplacement du livre qu'il cherchait. Il se pencha en arrière pour déchiffrer les petites lettres d'or gravées sur le dos rouge du volume, perdit l'équilibre, tomba de l'escabeau et atterrit droit sur le garde-corps.

Franz W. Hoffmann laissa échapper un petit cri. La fresque représentant Holda le surplombait, la déesse tenait d'une main une branche et déroulait de son autre main un long fil, le corps nu, enveloppé dans ses longs cheveux blonds. Pourquoi l'artiste avait-il choisi ce conte précis pour orner le plafond de son mausolée ? Il ne l'avait jamais compris. Et il ne le comprenait pas non plus maintenant qu'il regardait cette fresque depuis le point de vue de qui se balance en équilibre instable sur le garde-corps avant d'aller s'écraser sur la pierre dure et froide du rez-de-chaussée. Avec fracas. Quelques instants plus tard, on entendit le hurlement d'une servante. Puis ce fut un silence de mort. Et la suite se déroula le plus naturellement du monde sous la direction parfaite de M. Gilbert. À croire que les domestiques s'attendaient à ce qu'Hoffmann connaisse cette triste fin.

Sigurlina entend à peine ce que lui explique l'homme assis face à elle. Il lui a bien dit son nom, mais elle l'a déjà oublié. Cet individu plutôt imbu de sa personne lui rappelle physiquement Bogi Melsted*. C'est l'exécuteur testamentaire. La bibliothèque d'Hoffmann tout entière sera transférée dans une fondation à son nom, le manoir et ses autres biens seront vendus, les profits dévolus au fonctionnement de ladite fondation. On a trouvé de nouvelles places à tous les domestiques qui voient ainsi leur avenir assuré, conformément aux dispositions prises par le défunt. Le statut de Sigurlina n'est en revanche pas très clair puisque son nom ne figure pas dans le testament. Était-elle sa secrétaire ? Ou, disons, son assistante islandaise ? "Oh, *dear me*, mon Dieu !" L'exécuteur testamentaire craint qu'il ne soit difficile de lui trouver un emploi du même type dans cette ville – cela semble presque l'amuser – même si ce n'est pas le travail qui manque. Surtout pour une secrétaire. Mais là où le bât blesse, et le détail semble mettre encore plus en joie ce Melsted d'Amérique, c'est que Sigurlina n'a pas l'anglais pour langue maternelle. Sait-elle faire d'autres choses que parler islandais ? Le jeune présomptueux allume un cigare comme pour lui laisser le temps de réfléchir à ses compétences, mais elle ne répond pas et, lorsqu'il a rejeté la fumée entre ses lèvres lippues, il réitère sa question.

Coudre. Elle est assez douée en couture. Il se redresse, entre presque en lévitation et annonce qu'elle est sauvée ! Dans cette ville, on coud et on reprise jusque dans les moindres recoins. Il veillera à lui trouver un emploi dans ce domaine et, par souci d'équité – bien que rien ne l'y oblige –, il lui dénichera également un logement au plus vite.

Le lendemain, un fiacre l'attend devant le manoir d'Hoffmann. Sa valise est déjà dans le hall, mais elle se trouve dans la bibliothèque où l'exécuteur testamentaire s'apprête à lui faire formellement quitter les lieux.

* Historien islandais (1860-1929).

Il a échoué à lui trouver un travail, mais lui a dégoté une chambre à Waverly Place, chez Mme Clark. Cette dernière veillera à lui procurer des travaux de couture. Il s'empare d'une feuille pliée en deux sur le bureau d'Hoffmann et note l'adresse. Sigurlina range le papier dans son sac et serre la main moite du jeune homme qui la remercie au nom d'Hoffmann.

Le fiacre s'ébranle dans un cliquetis de métal. Sigurlina hésite entre tristesse et déception, mais fait de son mieux pour se convaincre que continuer à cohabiter avec cet homme lui aurait rendu la vie impossible. Que désormais une existence normale l'attend, faite de relations avec des gens de son âge, enfin elle va pouvoir tisser d'authentiques liens avec cette métropole. Elle garde donc la tête haute, assise dans cette voiture humide et froide, sans soupçonner que ce trajet la conduira dans le brouet grouillant d'existences humaines qu'abrite la partie basse de la ville. Où sa dextérité dans le maniement du fil d'or et de l'aiguille n'a pratiquement aucune valeur. Et où Sigurlina d'Islande disparaîtra.

III

Werner & Sons

À dix-sept ans, Sigurlina avait eu sa première machine à coudre, une Singer modèle 13 en acier, équipée d'une pédale, que son père lui avait achetée d'occasion dans la succession d'une veuve danoise qui habitait à Eyrarbakki. Il l'avait acquise en profitant du transfert de la bibliothèque de la défunte à Reykjavik. C'est sur cette machine que Sigurlina avait confectionné un tas de vêtements qu'elle vendait aux gens de la ville, elle en avait également fait un certain nombre pour son père et son frère. Le dernier en date, c'était la redingote noire qu'elle portait en quittant l'Islande.

La machine devant laquelle elle est assise en ce moment ressemble beaucoup à sa vieille Singer, elle pique de la même manière, bien que plus rapidement grâce à sa canette qui, dès qu'elle presse son pied élégant sur la pédale, se met à frémir, entraînée par le moteur électrique et l'arbre de transmission qui court sous toute la longueur du plateau de la grande table. Il y a sans doute ici environ trois cents machines et autant de jeunes femmes, toutes vêtues de tabliers bleu marine. Chacune dévolue à une tâche précise, consistant à exécuter un geste unique. Sigurlina et ses collègues assises à la grande table assemblent des culottes à partir des pièces de tissu qui s'amoncellent continuellement devant elles. L'homme imposant qui se tient dans un coin tout au fond de la salle, l'homme aux ciseaux, ne s'arrête jamais, il découpe une épaisse couche de coutil en suivant le dessin d'un patron en carton brun avec une incroyable assurance, une admirable dextérité, d'ailleurs il reçoit chaque semaine une enveloppe bien plus épaisse que les femmes qui emplissent cette salle, il est mieux payé que celles qui font les boutonnières ou les ourlets, mieux payé que les brodeuses, le presseur et tous ceux qui finissent les pièces une fois que Sigurlina et ses collègues les ont assemblées.

Les machines fonctionnaient ainsi dix heures par jour, six jours par semaine dans l'usine de sous-vêtements *Werner & Sons* au quatrième étage d'un immeuble en brique de Wooster Street, tout en bas de Manhattan. L'entreprise fabriquait un millier de culottes par jour dans un air alourdi par les chutes et la poussière de tissu, dans le bruit assourdissant des machines, sous la présence insupportable du contremaître et des patrons. Des cris permanents et des réprimandes, chacun devant respecter la cadence. La pause de midi se déroulait dans le brouhaha des conversations. Autour d'elle, Sigurlina entendait une kyrielle de langues étrangères. Ses voisines de table étaient originaires d'Ukraine, et lorsqu'elles se décidèrent enfin à lui adresser la parole dans leur anglais rudimentaire, elle comprit qu'elles n'étaient pas venues en Amérique pour y chercher l'aventure, le dépaysement ou la sophistication. Dina, Marina et Irina étaient arrivées avec leur mère et travaillaient pour gagner de l'argent qu'elles envoyaient dans leur village. Aux parents très âgés de leur maman. Elles lui parlèrent des émeutes, des famines et des calamités qui ravageaient leur terre d'origine, ce qui étonnait parfois l'Islandaise car ces jeunes femmes s'exprimaient avec une franchise dénuée de misérabilisme. Certaines de leurs histoires étaient à peine croyables : un soir, il y avait bien longtemps, une horde de paysans et de villageois s'étaient rués dans l'auberge de leurs parents et avaient tout saccagé en hurlant : "À bas les Juifs ! Ce sont eux qui ont assassiné notre tsar !" Puis ils avaient pris ce qui les intéressait, volant toutes les réserves de vodka. Le père des jeunes filles, propriétaire de l'auberge, avait perdu la vie dans la bataille, sa hache à la main. Puis elles firent un sourire en lui demandant de leur en dire un peu plus sur elle. D'où venait-elle ? Non, elles n'avaient jamais entendu parler de l'Islande. Sigurlina eut l'impression qu'elle non plus, elle n'en avait jamais entendu parler parce que, lorsqu'elle pensait à sa petite bourgade, aucun mot ne lui venait pour la décrire. Reykjavik ne ressemblait à aucune autre ville même si elle n'avait rien de particulier. Elle était petite, voilà tout. Mais il y avait en Islande d'innombrables montagnes et d'imposantes chutes d'eau. Les trois Ukrainiennes arrêtèrent de sourire et lui demandèrent pourquoi elle était venue travailler dans cette usine. Est-ce qu'elle avait de la famille en Amérique ? Non, elle était venue seule, simplement pour parcourir le monde. On entendit alors un grand éclat de rire à la table voisine et, au même instant, Jacob, le contremaître, cria sur le groupe d'ouvrières pour leur signaler que la pause était terminée. Jacob, un jeune homme petit et fluet aux cheveux noir corbeau.

Sigurlina observait le tissu blanc qui défilait presque comme par magie sous le pied-de-biche de sa machine, empruntant invariablement le même chemin. Elle assemblait culotte après culotte. Parcourir le monde ? Ce projet était-il à ce point risible et inconcevable ? Peut-être aussi un peu minable et égoïste, se disait-elle en pensant à ses trois jeunes collègues.

C'était samedi, toutes avaient glissé l'enveloppe contenant leur salaire de la semaine dans leurs sacs. Elles se rendirent ensemble au vestiaire, descendirent les cinq étages et sortirent dans la rue où elles prirent congé les unes des autres. Sigurlina marcha vers le nord tandis que les trois Ukrainiennes prenaient la direction de l'est, vers Hester Street où elles étaient hébergées dans leur famille. Là-bas, elles continuent à coudre, à confectionner des fleurs destinées à orner les chapeaux et exécutent toutes sortes de travaux d'aiguille. Jusque tard le soir.

Sigurlina remonta Bleecker Street, tourna à droite sur Broadway qu'elle longea jusqu'à la 9e rue. De là, elle prit à nouveau à droite sur la 4e avenue : *Cheapest Bookstore in the World. Librairie la moins chère du monde.* Elle s'y était déjà arrêtée plusieurs fois pour regarder les livres sous l'œil sourcilleux du libraire à l'humeur maussade. Elle ne cherchait rien de particulier, mais juste quelque chose bon marché pour tromper sa solitude le soir. Il y avait là beaucoup de romans. Immobile devant les rayonnages, elle feuilletait et lisait. Plusieurs choses lui faisaient envie.

– Cinq *cents*! s'exclama le libraire qui, à bout de patience, lui tendit un petit fascicule. Désarçonnée, elle plongea aussitôt sa main dans son sac, le paya et quitta la boutique sans demander son reste. Elle s'arrêta au coin de la rue : *Nick Carter Arrested by Mistake. Nick Carter arrêté par erreur*. Un roman-feuilleton mettant en scène les aventures d'un détective privé. Sur la couverture, deux hommes armés de revolvers font irruption dans un wagon de chemin de fer et visent deux passagers. Deux femmes assises à l'avant du wagon les regardent d'un air terrifié. Sigurlina rangea le fascicule dans son sac et continua à descendre la rue. Certes, il ne lui avait pas coûté grand-chose, mais elle aurait préféré dépenser cet argent à la boulangerie située à l'angle de la 8e rue, se dit-elle en arrivant sur Waverley Place. C'est là qu'habitait la veuve Clark, une vieille dame chez qui l'exécuteur testamentaire d'Hoffmann avait trouvé une chambre à louer, chambre qu'il avait payée pour deux semaines. La gentille Mme Clark avait envoyé Sigurlina voir le propriétaire de l'usine Hans Werner, auprès de qui elle l'avait recommandée comme couturière avec un petit mot, note par ailleurs tout à fait inutile pour faire de la jeune fille la millionième ouvrière anonyme sur l'île de Manhattan. Sigurlina n'avait pas imaginé que les travaux d'aiguille puissent prendre cette forme lorsque, deux semaines plus tôt, elle avait exposé ses aptitudes au Melsted américain imbu de lui-même et enveloppé par la fumée de son propre cigare dans le bureau d'Hoffmann.

Six dollars. Trois fois moins que son salaire hebdomadaire chez Hoffmann, même si ce n'était pas si mal. Elle rangea les billets dans son coffre, sous les papiers et les photos. Dans quinze jours, la veuve Clark lui demanderait de payer sa chambre et ses repas, ce qui lui laisserait à peine plus de trois dollars par semaine. La traversée jusqu'en Islande en coûtait environ quarante, elle risquait d'avoir du mal à rentrer au printemps. Elle referma son coffre et le remit en place sous la couverture, au pied du lit métallique au couchage un peu ferme, installé le long du mur percé de deux fenêtres qui donnaient sur la rue. Il y avait juste à côté une grande table avec un broc et une cuvette, le miroir fixé au mur était si petit qu'elle pouvait à peine y voir son visage en entier. Elle avait déposé au pied du lit sa vieille valise, tout près du bureau et de la chaise. Les commodités se trouvaient dans le couloir.

Sigurlina s'était allongée. Elle avait à peine ouvert les aventures du détective Carter qu'elle entendit des voix dans la rue. Elle releva très légèrement la fenêtre à guillotine pour voir si c'était le jeune locataire du sous-sol qui sortait parfois fumer une cigarette et lui souriait lorsqu'elle rentrait à la fin de sa journée. Elle passa la tête à l'extérieur, les deux hommes interrompirent aussitôt leur conversation. L'un d'eux était son voisin. Il leva les yeux. Son compagnon l'imita. Ils n'avaient pas l'air de très bonne humeur. Sigurlina rentra la tête à l'intérieur et referma la fenêtre.

Elle se recoucha et reprit sa lecture, mais sans parvenir à se concentrer. Comment le tsar de Russie avait-il été assassiné ? Est-ce que ses trois jeunes collègues avaient réellement assisté au meurtre de leur père brandissant une hache ? Elle s'assit sur le lit et tendit la main vers son coffret. Elle avait rangé sous une petite pièce d'étoffe en laine les trois photos qu'elle avait emportées avec elle. La première, le portrait de sa mère, était protégée par un cadre. Sur la deuxième, on la voyait en communiante. Quant à la troisième, elle ne savait plus vraiment ce qu'elle devait en penser, elle avait été prise à Copenhague et représentait Jon : magnifique malgré son air légèrement tourmenté, une main posée sur la base d'une colonne, vêtu d'un manteau cintré, d'un nœud papillon noir et d'un grand col qui semblait blanc comme neige par comparaison avec son visage hâlé et émacié. Elle avait caché dans de vieilles coupures de journaux les seize dollars qu'elle avait économisés ainsi que quelques lettres, une que sa mère aimante lui avait adressée en l'appelant sa petite Lina la Chance à l'époque où elle était partie étudier chez sa cousine à Akureyri. Que lisait-on dans son écriture manuscrite ? Parfois, Sigurlina avait l'impression de mieux percevoir l'aura de sa mère dans sa calligraphie que lorsqu'elle la voyait en photo. Elle caressa doucement les mots sur le papier puis rangea soigneusement la lettre et ses seize dollars dans la coupure extraite du journal *Thjodolfur* daté de 1891 : "Les femmes en Amérique."

Suffoquant de surprise, Sigurlina tendit les bras vers le blessé pour le secourir

Dina affirmait avoir seize ans, mais Sigurlina avait l'impression qu'elle n'était qu'une enfant. Elle travaillait vite, était impatiente et parfois, Jacob, le contremaître, lui reprochait de coudre de travers. Dès qu'il tournait le dos, elle l'insultait dans sa langue, ce pour quoi ses sœurs la réprimandaient.

Ce lundi-là, l'atmosphère était électrique au bagne de Wooster Street, il y avait moins d'employés qu'à l'accoutumée, les tas de tissu s'amoncelaient à côté des machines de la grande table où étaient assises les quatre collègues tandis que Jacob courait le pied léger de-ci de-là entre les postes de travail en poussant des cris perçants. Dina semblait fatiguée, elle toussait constamment et, même si elle respectait à peu près la cadence, elle n'était pas à la hauteur des exigences de l'usine de sous-vêtements *Werner et Fils* en ce lundi matin : la situation était explosive. Juste avant la pause de midi, Dina éternua si fort qu'elle fit tomber de sa machine la culotte qu'elle assemblait. Jacob était juste derrière elle. Manifestement de mauvaise humeur, il la réprimanda vertement. Hélas, Dina n'était pas non plus dans ses bons jours et, dès qu'il eut achevé de la sermonner, elle quitta sa chaise et son poste. Ses sœurs osèrent à peine lever les yeux de leur ouvrage. Sigurlina relâcha légèrement la pédale pour observer la jeune fille en train de traverser l'atelier d'un pas rapide et résolu, talonnée par le contremaître qui l'empoigna et tenta de la ramener à sa chaise. Plusieurs filles avaient levé les yeux pour les observer. Leur échange était sur le point de se transformer en bagarre. Dina refusait de céder, Jacob la serra plus fort. Sigurlina s'était levée en entendant la gamine crier d'une voix aigrelette, elle courut les rejoindre sans savoir ce qu'elle allait faire. Elle attrapa machinalement le bras de Dina pour l'arracher aux griffes du contremaître, mais alors qu'elle allait la tirer vers elle, Jacob poussa un hurlement déchirant, un cri si fort et terrifiant que tous ses coups de gueule et ses réprimandes ressemblaient par comparaison à de misérables miaulements. Dès que le cri de Jakob eut retenti, Dina tomba dans les bras de l'Islandaise puis s'en échappa aussitôt pour courir vers l'escalier et vers la sortie. Tous les regards étaient rivés sur Sigurlina et le contremaître qui avait cessé de hurler. Pétrifié, il regardait sa main tendue devant lui comme s'il la voyait pour la première fois. Sans doute ne l'avait-il d'ailleurs jamais vue dans cet état, couverte de sang et gonflée par une morsure à pleines dents. Suffoquant de surprise, Sigurlina tendit les bras vers le blessé pour le secourir mais, refusant son aide, il la repoussa sans ménagement.

Le patron de l'usine, un des fils Werner, arriva sur ces entrefaites. Il fit aussitôt le rapprochement qui s'imposait entre la main ensanglantée du contremaître haletant de douleur et Sigurlina, figée face à lui. Jacob avait saisi le morceau de tissu que lui avait tendu le coupeur, occupé à examiner sa blessure en prenant un air docte tandis que le fils Werner faisait signe à Sigurlina de le suivre dans son bureau. Jacob ne tenta même pas de rectifier l'affreux malentendu, sans doute trop concentré sur sa douleur. Aucune des ouvrières témoins de la scène ne s'y risqua non plus : les dernières journées à l'usine leur avaient enseigné qu'il était inutile de se mêler de choses qui n'entraient pas dans le cadre de leur tâche. En outre, il fallait bien que quelqu'un réponde de l'acte qui venait d'être commis et Sigurlina répugnait à démentir qu'elle en était l'auteur pour en accuser une enfant. D'ailleurs, elle ignorait complètement le châtiment qu'elle encourait. En fait, elle n'arrivait pas à réfléchir correctement, assise dans le bureau du patron, vêtue de son manteau et de son chapeau. Lorsqu'on vint enfin la chercher, elle resta interloquée et c'est sous escorte policière qu'elle quitta les lieux.

Il était tombé quelques flocons. Elle ne se rappelait pas au juste comment elle était arrivée là. L'agent de police lui avait fait quitter le bâtiment, ils étaient sortis dans la rue puis s'étaient engagés dans un labyrinthe de ruelles entre les avenues, un endroit encombré de détritus où ils avaient dû se faufiler pour éviter le linge étendu entre les immeubles qui obstruait pratiquement le passage. Ils avaient croisé quelques gamins livrés à eux-mêmes, lorsqu'ils avaient quitté la ruelle pour regagner une des artères principales, les mômes s'étaient attroupés, ils l'avaient apostrophée et raillée, comprenant qu'elle était en état d'arrestation. Trouvant alors refuge dans son monde intérieur, elle avait pensé aux géraniums des bois, aux fleurs du printemps et au soleil d'été sur la colline en surplomb de la ferme familiale. Elle avait senti des odeurs oubliées depuis des années, retrouvé des images perdues : le teint hâlé de sa mère et ses cheveux d'or étendus sur l'herbe verdoyante. La jeune maman riant aux éclats, mais en silence alors qu'elle faisait sautiller son bébé dans ses bras au-dessus de son visage. Quand la grille d'acier s'était refermée, un courant d'air froid avait enveloppé Sigurlina. Puis il n'y avait plus eu que le noir.

La nuit s'écoula dans une cacophonie de querelles. Des voleurs, des assassins et des malfaiteurs de tout poil protestaient bruyamment, des prostituées hurlaient en demandant pitié, et le tout se soldait par des éclats de rire cyniques, des jurons et des insultes. Puis ce fut le silence. Jusqu'au moment où quelqu'un se mit à sangloter.

Tristement, comme en sourdine. Les pleurs provenaient de l'autre côté de la cloison, par un minuscule orifice sur lequel elle fixait son regard, assise sur la paillasse d'acier sans matelas. Qu'arriverait-il si les autorités décidaient de la faire examiner par un médecin et que ce dernier la déclarait folle ? Des femmes étaient considérées comme aliénées pour des actes moins graves que celui d'avoir mordu quelqu'un au sang. On les envoyait sur une île, dans un asile de fous où on les déshabillait avant de les doucher à l'eau glacée, puis on leur donnait de la nourriture avariée parmi les rats et toutes sortes de bestioles, on les tenait en laisse, on les frappait pour les faire obéir jusqu'à ce qu'elles perdent la raison, ce qui finissait par justifier leur internement.

"Miss ?" Sigurlina n'entendit même pas le gardien l'appeler, il lui posa la main sur l'épaule et la fit doucement avancer. C'était le matin. Ils longèrent un interminable couloir et entrèrent dans une grande salle. Quelques pauvres diables étaient assis sur des bancs, les prisonniers attendaient en file indienne qu'on les appelle devant le tribunal de police. Sigurlina répéta deux fois ses nom et prénom au juge qui lui demanda de décliner à nouveau son identité. Elle répéta, et comme il ne comprenait toujours pas, il lui demanda depuis combien de temps elle vivait en Amérique. Bientôt deux mois, annonça-t-elle. Pouvait-elle expliquer ce qui s'était passé la veille sur son lieu de travail ? Elle baissa les yeux et répondit qu'elle n'était coupable d'aucune violence. Elle avait seulement voulu calmer une situation qui s'était envenimée à cause de la pression due à des cadences infernales. "*My dear child*","Ma chère enfant", répondit le juge en la regardant dans les yeux, avant de lui signifier qu'elle ne pourrait probablement pas retourner travailler chez Werner & Fils. Avait-elle une autre solution ? De la famille à New York ? Où vivait-elle ? Sur quoi il la sermonna et lui demanda de quitter les lieux.

Soulagée de n'écoper que d'un simple rappel à l'ordre, elle se mit à courir à sa sortie, de peur que la justice ne se ravise. Affolée, elle descendit la rue au pas de course. Tout à coup, elle était perdue. Elle tourna les talons, remonta The Bowery et longea Grand Street en direction de l'ouest. Puis réalisant qu'elle n'avait rien avalé depuis la veille, elle s'arrêta pour acheter un gâteau. "*Un bombolone*!" s'écria le vendeur quand elle lui montra un chou recouvert de glaçage au sommet d'une des montagnes de délices proposées par la boulangerie Ferrara.

Lorsqu'elle atteignit Bleecker Street, le soleil avait eu le temps de réchauffer l'atmosphère et de sécher les rues. C'était une belle journée. Elle pensa à la veuve Clark, à son lit et à ses affaires, et se mit à pleurer. Séchant ses joues, la bouche pleine de gâteau, elle continua sa route et constata en approchant de Waverley Place que les rues étaient mouillées. On eût dit qu'une averse venait de s'abattre malgré le ciel limpide. En tournant à l'angle, elle marcha dans une flaque et dut enjamber l'épais tuyau qui reposait en travers du trottoir pour ne pas tomber. Elle leva les yeux. La rue grouillait de gens, mais l'atmosphère semblait suspendue dans un étrange silence. Il y avait là des policiers et des hommes casqués, des pompiers. Les gens se tenaient sur le trottoir ruisselant et levaient les yeux sur la maison qui n'était plus qu'une carcasse calcinée derrière un léger voile de fumée. Le feu avait été maîtrisé, mais les flammes avaient tout ravagé. C'était la maison de la veuve Clark. Sigurlina s'approcha et se mêla à l'attroupement silencieux.

Elle ignorait combien de temps elle avait passé là, mais les badauds avaient disparu, de même que les pompiers. Il ne restait plus sur les lieux que quelques policiers. L'un d'eux gardait l'entrée de la maison. Elle s'approcha et se présenta. Elle s'appelait Sigurlina Brands et habitait ici. Où était Mme Clark ? Il fallait qu'elle entre dans cette maison. Le policier lui prit les mains : on avait emmené tous les occupants à l'hôpital, y compris la veuve Clark, décédée des suites d'une intoxication à la fumée. Sigurlina ôta ses mains de celles de l'agent en lui répétant qu'elle devait entrer. Il lui répondit que c'était très risqué, tenta de lui barrer la route, mais elle l'écarta d'un geste. Il la suivit à l'intérieur, s'arrêta au pied de l'escalier et l'appela, mais elle était déjà à l'étage.

La porte de sa chambre est grand ouverte. L'air est compact, saturé, le sol recouvert de cendre mouillée, tout comme les meubles et sa valise. Elle soulève ce qui reste du couvercle. Tout est noir de suie, les livres se désagrègent quand elle les touche, ses vêtements sont détruits : sa robe du dimanche, sa robe de communiante, son chemisier, son vieux chapeau, ses sous-vêtements. Il ne reste plus que le lit, ou plutôt sa structure d'acier. La couverture est partie en fumée, mais au pied du lit elle distingue la forme de son coffret. La chaleur a dû être infernale pendant l'incendie. Le couvercle s'est fendu en deux, le verre du cadre a explosé, le portrait de sa mère est calciné, elle ne voit même plus son visage sur sa photo de communion, et celle de Jon tombe en poussière entre ses doigts. Les lettres et autres documents sont abîmés par l'eau et la suie, les billets inutilisables. Elle a tout perdu sauf un objet dont elle n'est pas propriétaire et qui repose au fond du petit coffre. La fibule toute noircie, mais intacte.

Sigurlina s'assoit sur le lit. Elle ôte son chapeau puis s'allonge. Le matelas réduit en une charpie noirâtre et humide cède sous son poids, les ressorts d'acier s'enfoncent dans le peu de chair qu'abrite son corps et dans ses cheveux blonds attachés en queue-de-cheval. Mais elle ne s'en rend même pas compte, elle ne ressent qu'une infinie fatigue. Plus rien n'existe en dehors de son irrépressible envie de dormir. Elle ferme les yeux et est sur le point de sombrer dans le sommeil quand on l'appelle depuis le rez-de-chaussée : "Miss Branson. Miss Branson ! Selena ?"

IV

Le magasin de curiosités de Carlson
Carlson's Curiosity Shop

De retour sur la colline de la ferme, elle se roulait dans l'herbe avec sa mère sous le soleil brûlant, puis brusquement se retrouvait dans la maison. Jeune fille, vêtue d'une aube de communiante, placée devant le drap blanc que le photographe avait tendu sur un mur. Elle était un peu nerveuse, il lui semblait qu'on s'apprêtait à l'envoyer sur la Lune, mais la perspective et l'impatience de voir ce moment conservé pour l'éternité prenaient le dessus. Puis, lorsque le photographe déclencha son appareil, elle eut l'impression qu'elle disparaissait. Qu'elle s'évaporait. Il y avait un éclair blanc et aveuglant qui la forçait à fermer les yeux. Quand elle les rouvrait, elle ne voyait plus que du noir. Elle avait mal au dos. Son nez et sa bouche étaient pleins de cendre. L'air était froid et humide. Elle se redressa sur ce qui restait du lit. Selena.

Elle descendit doucement l'escalier, posant prudemment ses pieds sur chaque marche noircie par la suie, enveloppée par des courants d'air froids, puis se retrouva dans la rue. Le policier était parti, tout comme les badauds. Elle resta sur le trottoir, immobile, puis, comprenant qu'elle n'avait plus aucune issue, elle envisagea de s'allonger sur le sol. Mais comme elle ne pouvait ni se coucher ni rester figée là, elle avança, hésitante, sans vraiment savoir où elle allait. Peu à peu, elle comprit dans quelle direction elle marchait. Vers Wooster Street et l'usine de *Werner et Fils*. Il fallait qu'elle se lave de tout soupçon. Elle n'avait plus le choix.

Arrivée devant le bâtiment, elle hésita à nouveau. La manière dont les choses s'étaient terminées la veille et cette horrible arrestation ne l'encourageaient pas à entrer. Sans doute avait-elle honte. Elle enrageait, cette situation était aussi injuste que ridicule. Plongée dans ses pensées, elle vit sortir de l'usine un homme qu'elle reconnut immédiatement. C'était le presseur. Elle courut vers lui. Il eut un sourire forcé. Évidemment, il était au courant de l'incident. Les yeux baissés, le ton grave, il lui expliqua que si elle voulait entrer dans ce bâtiment, elle allait devoir prouver son innocence. Or elle ne pourrait le faire qu'en dénonçant la petite Dina, revenue travailler aujourd'hui comme si de rien n'était. Apparemment, tout le monde s'était mis d'accord pour désigner Sigurlina comme responsable du drame.

Bien que furieuse, elle comprit que la situation était désespérée. Elle parla au presseur de l'incendie qui avait détruit la maison de sa logeuse, ajoutant qu'elle ne connaissait absolument personne à New York et qu'elle n'avait que trente *cents* en poche. Il la regarda alors d'un air compatissant, elle traversait là des épreuves aussi cruelles qu'incroyables. Il était navré de ne pas pouvoir lui conseiller grand-chose d'autre que de descendre à Hester Street. Dès qu'elle serait là-bas, on ne manquerait pas de lui proposer un emploi, avec un peu de chance son patron la logerait.

Le presseur devait partir. Sigurlina n'avait plus qu'à se mettre en route avant la nuit. Arrivée à l'angle avec The Bowery, alors qu'elle approchait du quartier le plus densément peuplé du monde, où plus de mille personnes s'entassaient sur un hectare, elle hésita. Elle prit d'abord à droite, puis à gauche. Perdue dans la foule, elle ne savait plus du tout où elle était. Le jour commençait à décliner, il ne lui restait plus qu'à implorer Dieu. Tout à coup, elle l'aperçut droit devant elle, ou plutôt, elle tomba nez à nez avec le sosie de Sigurdur le Gueux ! Ce dernier avait dû voir le désespoir qui emplissait ses yeux bleu clair car rien dans son attitude ne laissait supposer qu'elle était en détresse. Elle portait son manteau neuf, certes noir de suie, et elle avait sur la tête son imposant chapeau. Elle tendit vers l'homme une main implorante. Rubinov l'observa de ses yeux noirs : Elle était perdue ? D'où venait-elle ? Elle cherchait du travail ? Un refuge ? Incapable de dire un mot, elle se contenta de hocher la tête. Cet homme lui semblait sympathique, en outre il était plutôt bien habillé.

Ils longèrent la rue, elle d'abord derrière lui, puis marchant à ses côtés, heureuse d'aller quelque part. La foule se fit de plus en plus compacte. Brusquement, l'air vibra de toutes sortes de sons et de cris incompréhensibles, elle vit des écriteaux couverts de caractères étranges, des hommes à longue barbe portant de petits chapeaux, des kippas, et vêtus de longs manteaux noirs.

Arrivés dans une ruelle répugnante, ils empruntèrent une porte étroite puis gravirent un escalier plongé dans des ténèbres imprégnées d'odeurs de cuisine nauséabondes. Du poisson ? De l'oignon ? Du chou ? Sigurlina avait l'impression que plus ils montaient, plus l'air s'épaississait. Lorsqu'ils eurent atteint le dernier étage, ils longèrent un couloir au fond duquel se trouvait la porte du domicile de son sauveur. Elle regarda autour d'elle en se disant que si les maisons en tourbe de Reykjavik étaient insalubres, cela s'expliquait de manière naturelle par le mode de vie simple et spartiate de leurs habitants alors qu'ici, ces taudis ressemblaient à des fantômes surgis du passé, ils n'étaient que ruine et décadence. Décrépitude. Étroitesse. Crasse. L'appartement se résumait à une grande pièce tout encombrée de tables, de machines à coudre et de tissu. La maîtresse de maison lui indiqua un recoin où elle découvrit une planche de bois sur laquelle était posé quelque chose de fin qui ressemblait à un matelas. Tout était sale et abîmé, sous la planche elle aperçut des couvertures, sans doute ne serait-elle pas la seule à dormir ici. Sigurlina avait tellement horreur de la négligence et de la saleté que, si sa situation n'avait pas été aussi désespérée et si Mme Rubinova, enceinte jusqu'aux yeux, ne lui avait pas aussi gentiment montré cette méchante paillasse, elle aurait assurément pris ses jambes à son cou pour fuir cette infâme tanière.

Bien entendu, elle eut tout le mal du monde à trouver le sommeil. Allongée, entièrement habillée, sur le matelas, elle se servit de son manteau en guise de couverture, mais n'avait pas d'oreiller. Elle avait posé son sac à côté d'elle et son chapeau par-dessus. Y avait-il un mot pour décrire sa détresse et son dénuement ? Que se passait-il donc ici ? Et où allait-elle pouvoir se laver, où allait-elle trouver une chemise de nuit, un corsage et des vêtements de rechange ? "Des culottes !" Quel affreux destin ! Avait-elle le temps d'attendre que Rubinov lui paie les trois dollars qu'il prévoyait de lui verser pour sa semaine de travail ? Pour une semaine entière. Elle avait l'impression qu'elle ne survivrait pas à cette nuit.

On entendait des ronflements dans la pénombre. Et quelle odeur pestilentielle ! Elle se couvrit le visage avec son manteau. Elle avait presque l'impression de dormir dehors. Que faisait-elle ici ? Il fallait qu'elle quitte cet endroit. Peut-être pouvait-elle revendre son chapeau, ce qui lui permettrait de trouver un abri plus convenable. Mais pour combien de nuits ? Elle ferma les yeux en grimaçant et, peu à peu, la solution lui apparut. Rampant sous son manteau, elle attrapa son sac et y chercha la broche. Le bijou était aussi noir que la nuit. Elle le frotta d'abord contre le matelas puis décida d'utiliser le bas de sa robe pour le nettoyer. Le métal luisait, elle avait presque l'impression qu'il éclairait ce recoin en soupente, cet objet de malheur dont elle n'avait pas réussi à se débarrasser, et qui avait refusé avec obstination de sortir de son existence. Or, c'était peut-être justement lui qui allait lui sauver la vie. Elle le posa sur sa poitrine et réfléchit. Elle se voyait remontant Broadway jusqu'à Waverly, puis, juste avant de s'endormir, elle arrivait à la 11e rue où lui apparaissait l'écriteau du magasin de curiosités : *Carlson's Curiosity Shop*.

Elle sursauta en découvrant son reflet dans la vitrine de la boutique. L'air épuisée sous son chapeau démesuré, elle avait cependant le regard déterminé. C'était là une étrange combinaison, elle se reconnaissait à peine. Quand elle s'approcha, son visage disparut, laissant place à un sabre et un pistolet, un mousquet et une carabine, des décorations, une corne en métal, un éperon et des épaulettes. Des souvenirs de la guerre de Sécession. Des objets apparemment plus anciens étaient également exposés : une statuette en bois, un tableau représentant un homme au luth, toutes sortes de broderies, une canne ornée d'un pommeau en ivoire, deux assiettes en porcelaine, une pendule dorée, une pile de papiers jaunis et quelques livres en parchemin.

Elle entra et referma la porte. Si on pouvait qualifier les objets exposés en vitrine d'entassement hétéroclite, elle se demandait comment nommer le chaos qui s'offrait à ses yeux dans le magasin. Il y avait ici tant et tant de choses qu'il était impossible qu'elles aient toutes de la valeur. Elle se retrouva dans un couloir dont les parois étaient constituées d'objets entassés du sol au plafond. Au bout de cette allée, on apercevait un escalier en colimaçon qui menait à l'étage, tout aussi encombré. Elle lança un bonjour puis, voyant que personne ne lui répondait, elle décida de monter et trouva Carlson à son bureau. C'était un petit homme aux cheveux gris, assez conforme à l'image qu'elle s'en était faite, mais plus sympathique qu'elle ne l'avait espéré. Il lui demanda d'une voix grêle en quoi il pouvait lui être utile et l'invita à s'asseoir. Hésitante, elle enjamba les bouts de bois, les papiers et vieilles planches de navire qui jonchaient le sol pour le rejoindre.

Sigurlina sortit la fibule de son sac à main, la posa sur le bureau et interrogea l'antiquaire sur sa valeur sans préciser si elle envisageait de la vendre ou de la mettre en gage, ne sachant pas elle-même ce qu'elle comptait faire. Elle expliqua que l'objet venait d'Islande et avait été découvert dans la terre. Il datait de mille ans. Carlson se tendit, agita les mains, fit la moue, puis saisit la broche et l'examina à la loupe. "Vingt dollars", annonça-t-il en la reposant devant lui avant de croiser les bras comme pour signifier que c'était son offre définitive.

Vingt dollars ?! Sigurlina avait presque déboursé autant pour son manteau et son chapeau. Watson ne s'était sûrement pas abaissé à voler un objet aussi trivial. Et s'il l'avait acheté, le vendeur – elle préférait ne pas envisager qu'il puisse exister – avait sans doute exigé une somme plus conséquente pour le dérangement. Cette broche devait donc avoir bien plus de valeur, n'était-ce que pour les restes d'or visibles sur le pourtour. Et, de toute manière, les vingt dollars que cet homme en offrait à Sigurlina ne lui apporteraient qu'un bref répit de l'enfer qu'était devenue son existence dans cette métropole.

Elle reprit la broche, la rangea dans son sac, se leva et remercia poliment. Carlson se leva lui aussi et tenta de lui expliquer que l'objet qu'elle lui apportait semblait plutôt banal, en outre il ne disposait d'aucune preuve quant à sa datation et n'avait pas les connaissances nécessaires pour l'identifier. Sigurlina se dirigeait déjà vers la sortie, elle enjamba le chaos parsemé au sol et s'avança d'un pas résolu vers l'escalier en colimaçon. Carlson lui emboîta le pas, il lui cria depuis le haut des marches que, peut-être, il n'était pas l'acheteur adéquat. Qu'elle ferait mieux d'essayer de proposer cette broche lors d'une vente aux enchères comme il s'en tenait parfois en ville.

Parfois ? Ce n'était pas suffisant dans sa situation. Elle posa la main sur la poignée et prit à nouveau congé du prêteur sur gages. Alors qu'elle franchissait la porte, il cria dans son dos qu'il existait une autre possibilité consistant à porter la broche au musée. Au Metropolitan. Là, on pourrait tout du moins en fixer la valeur.

Elle s'arrêta sur le seuil, médita un instant ces paroles, puis se dit qu'elle devait y aller si elle ne voulait pas être en retard. Elle marcha vite, parfois presque au pas de course, sans regarder à gauche ni à droite, monologuant à voix haute, si bien que tout le monde l'entendait même si personne ne l'écoutait. Comment une idée pareille avait-elle pu germer dans sa tête ? Vendre une chose qui ne lui appartenait pas ! S'enrichir en vendant le fruit d'un vol. En le vendant ? Non, ce n'était pas tout à fait ça.

Encore en plein monologue, elle arriva chez Rubinov qui n'apprécia guère la subite escapade de sa nouvelle ouvrière. Sans trop écouter ses reproches, elle retourna s'installer à sa table et se remit aux foulards sur lesquels elle travaillait depuis le matin, de manière à mériter son pain, son café et ses pickles, cette atmosphère qui vibrait d'une langue étrangère et ce matelas dégoûtant sur lequel elle dormait. Trois autres femmes, un peu plus âgées qu'elle, étaient employées ici, il y avait aussi un presseur et quelques enfants s'acquittant de menus travaux. Elle ne prêtait pas vraiment attention à son entourage, trop occupée à apaiser sa conscience, à se chercher des excuses et à en vouloir aux autres, le visage crispé de détermination.

Le soir, elle rejoignit sa paillasse pour la deuxième nuit, elle enfila la chemise de nuit élimée, mais à peu près propre que Rubinova lui tendit. Il lui fallut longtemps pour trouver le sommeil, elle écoutait les voix rauques et étranges qui peuplaient la nuit. Elle sortit de son sac le carnet tout neuf qu'elle avait acheté avec son salaire de chez *Werner et Fils*. Elle n'y avait pas encore inscrit son nom. Elle prit ce qui restait de son crayon à papier. Puis, forte de sa nouvelle identité, s'éleva dans les airs et sombra bientôt dans le sommeil en un tourbillon, l'esprit concentré sur son projet aussi audacieux qu'éhonté.

Elle rangea le précieux objet dans sa bourse puis déchira le début du roman policier dont les feuilles se détachaient de la reliure et s'essuya soigneusement

Les dix membres du conseil d'administration sont assis autour de la table dans la grande salle de réunion du Metropolitan Museum, magnifique bâtiment en pierre de style néogothique, situé dans Central Park, et dont l'entrée sud donne sur le réservoir d'eau qui alimente la ville, lieu d'ailleurs plutôt répugnant. Il y a là Cornelius Vanderbilt deuxième du nom qui, dès son élection, a enrichi la collection de dessins de Léonard de Vinci, Michel-Ange et Raphaël, ainsi que d'une des œuvres les plus réputées du musée, le monumental *Marché aux chevaux*, peint par l'artiste française Rosa Bonheur, tableau qu'il a acquis pour la somme de cinquante-trois mille dollars dans une vente aux enchères en 1887 ; il y a aussi Edward Dean Adams, président du conseil d'administration de Niagara Falls Hydrolic Power, numismate et collectionneur de statuettes et moulages en bronze ; Samuel P. Avery, marchand d'art ; John Bigelow, écrivain et ancien ambassadeur des États-Unis à Paris ; Heber R. Bishop, homme d'affaires et propriétaire de la plus importante collection de jades en Amérique ; James A. Garland, personnage important dans une compagnie de chemin de fer et propriétaire de toute la porcelaine de Chine conservée dans le musée ; John S. Kennedy, investisseur et collectionneur, qui a récemment fait donation à l'établissement du tableau de vingt-cinq mètres carrés d'Emanuel Leutze, *Washington traversant le Delaware* ; John Pierpont Morgan, très influent dans le monde de la finance et collectionneur éclectique – en plus de son immense fonds de livres et d'œuvres d'art, il possède le plus riche ensemble de pierres précieuses et d'objets médiévaux de toute l'Amérique ; Joseph H. Choate, juriste, membre fondateur du musée, qui a défini les lignes directrices de sa politique : estomper les frontières entre les beaux-arts et les arts utilitaires, et collecter de manière systématique des artefacts depuis la préhistoire jusqu'à l'époque contemporaine de manière à participer à l'édification des masses. Nous avons enfin le président du conseil d'administration lui-même, Henry G. Marquand, millionnaire et grand collectionneur d'art. C'est lui qui a fait donation au musée de la *Jeune Femme à l'aiguière*, le premier tableau du Hollandais Jan Vermeer à avoir été acquis par un Américain. C'est justement cette œuvre accrochée au mur rouge de l'étage supérieur que Sigurlina admire en ce moment, transie et ruisselante après sa longue marche sous une pluie battante depuis Ludlow Street. Elle attend que la réunion du conseil d'administration s'achève pour rencontrer la onzième personne assise à la grande table, Luigi Palma di Cesnola, cet homme d'origine italienne, directeur du Metropolitan Museum. Installée sur un banc en bois au centre de la salle, elle écoute l'eau qui tombe du plafond et atterrit dans deux seaux à ses pieds. Elle tient son sac sur ses genoux, la main droite plaquée sur son ventre tendu.

Là où elle avait mal. Un jeune homme vint s'asseoir à côté d'elle, sortit un gros morceau de pain de son manteau noir et le mordit à pleines dents, en faisant tomber des miettes partout. Sigurlina se leva pour aller dans la salle voisine, elle passa devant des vases, des assiettes et des dragons chinois, puis tourna à gauche et pénétra dans une autre salle où étaient exposés des tableaux. Une jeune fille se tenait devant l'un d'eux, elle se pencha par-dessus le garde-corps doré rivé au parquet, tendit la main et posa sa paume sur la toile représentant une jeune femme en robe longue qui tenait un bouquet de violettes à la main, debout à côté d'un perroquet sur son perchoir : Édouard Manet. Et voilà maintenant que la jeune fille faisait glisser sa paume vers le bas du tableau, elle la retira d'un coup quand le petit chien qu'elle avait dans les bras se mit à aboyer, puis quitta précipitamment les lieux, suivie par un gardien qui arrivait à grandes enjambées de la salle voisine où étaient exposés de petits objets antiques. Du verre, de l'argent et de l'or découverts à Chypre. En grande quantité et derrière une vitrine finement ornementée. D'authentiques trésors. Mais enfin, qu'est-ce que c'était que ça ? Sigurlina se retrouva tout à coup face à deux vieilles dames qui s'en prenaient à un des présentoirs. Elles essayaient de soulever la vitre protégeant les colliers et toutes sortes de fragments d'or datant du IVe siècle avant Jésus-Christ. Sigurlina étouffa un cri, elles ramenèrent aussitôt leurs mains à elles, le gardien au pied léger réapparut dans la salle. Il n'avait pas été témoin de leur manège puisque, au même moment, deux jeunes hommes étaient arrivés par l'autre entrée et il avait dû les expulser, non sans difficulté, après que l'un d'eux avait craché son tabac à priser par terre.

Sigurlina était redescendue au rez-de-chaussée. Enfilades de hautes vitrines où étaient exposées des statues de pierre. Elle s'assit devant l'une d'elles. Des bustes antiques, blancs et altiers, la fixaient de toutes parts. Son projet avait beau sembler insensé, elle s'efforçait de garder la tête haute, elle ne quitterait pas les lieux avant d'avoir pu proposer au musée d'acquérir l'objet que le destin avait remis entre ses mains. À nouveau, un homme vint s'asseoir à côté d'elle – un peu trop près. Sans doute un aristocrate, pensa-t-elle en regardant ses souliers vernis, son pantalon amidonné, les narines emplies du parfum discret de son voisin. Il croisa les jambes et planta dans le sol sa canne au pommeau à tête de lion. Il se livrait à Dieu seul sait quel décompte et voilà que brusquement il agitait sa canne avant de la pointer sur une statuette exposée dans la vitrine. Une femme sculptée dans le calcaire, en toge et en sandales, datant de plus de deux mille ans. La tête ceinte d'un ruban, elle portait un collier et des boucles d'oreilles, et avait un serpent enroulé sur l'avant-bras. Elle soulevait de sa main gauche un pan de son vêtement et tenait un miroir. L'homme tapota la vitrine du bout de sa canne: "Aphrodite?", avant d'entreprendre un monologue que Sigurlina ne comprit qu'en partie et qui s'acheva sur des gloussements. Sur quoi, il planta à nouveau sa canne dans le sol, se leva du banc, s'inclina face à la vitrine et quitta la salle en faisant tournoyer son bâton.

Sigurlina le suivit du regard. Lorsqu'il eut disparu, elle jugea qu'il y avait assez longtemps qu'elle avait informé l'accueil du motif de sa visite.

Cesnola, le directeur du musée, se proclame général. Ce titre lui aurait été conféré oralement par Abraham Lincoln quelques jours avant son assassinat. Il a été par la suite nommé consul des États-Unis à Chypre, aux confins de l'Empire ottoman. Et c'est là-bas que, pour ainsi dire en l'espace d'une nuit, il s'est piqué d'archéologie. Il a entrepris un grand chantier de fouilles sur le site antique de Golgoi, hélas, sans tenir aucun journal de bord ni registre. Bientôt, ses appartements de Larnaca se sont emplis d'objets par milliers et, même s'il en a vendu quelques-uns par-ci par-là, son rêve était de céder l'ensemble à un acquéreur unique. Napoléon III avait envisagé de l'acquérir, mais la guerre franco-prussienne de 1870 avait réduit ce projet à néant. Cesnola avait ensuite parlementé avec le musée de l'Ermitage à Saint-Pétersbourg et le British Museum de Londres, mais c'est en fin de compte le Metropolitan, récemment créé à New York, qui s'était porté acquéreur de toute sa collection pour la somme de soixante mille dollars en 1874.

L'expédition de ladite collection depuis Chypre jusqu'à Londres – plusieurs centaines de caisses en bois – avait été ponctuée de péripéties. Le grand vizir de Constantinople avait tenté de l'empêcher et une partie des objets avait coulé au large des côtes syriennes. Le reste, assez conséquent, avait toutefois atteint sa destination. Le Metropolitan avait financé d'autres fouilles à Chypre sous la direction de Cesnola, cette fois, sur le site de Kourion, puis la jeune institution, alors installée dans un ancien immeuble de la 53e rue, avait fini par en faire son premier directeur.

Le musée s'était fortement développé sous son autorité et ses sociétaires s'étaient multipliés. En 1880, on avait inauguré le nouveau bâtiment à l'orée de la ville, dans Central Park. Rien ne semblait résister à cet homme énergique, qui avait commencé comme simple soldat à l'âge de quinze ans dans les guerres d'unification de l'Italie, s'était ensuite battu avec les Britanniques pendant la guerre de Crimée, puis comme colonel durant la guerre de Sécession. Cela avait séduit les membres fondateurs du musée, groupe influent de gens fortunés qui avaient décidé de parier sur les arts et l'histoire, même si certains n'y connaissaient pas grand-chose.

Les cercles de la culture émettaient toutefois des réserves sur la sémillante personnalité, doutes alimentés par la publication de deux articles dont les auteurs, deux spécialistes étrangers, soutenaient que la collection Cesnola, constituant une bonne partie du fonds du Metropolitan à sa création et largement considérée comme une absolue référence, était bien moins homogène qu'il ne le prétendait dans ses écrits. D'après ces deux experts, elle rassemblait des items issus de périodes différentes, et certaines pièces étaient même exposées ensemble sans aucune cohérence, alors que parfois plusieurs siècles les séparaient. C'étaient là de graves accusations qui avaient provoqué la création d'une commission d'enquête, fait les gros titres des journaux et abouti à un procès. Et même si Cesnola avait en fin de compte été lavé de tout soupçon, sa réputation s'était trouvée ternie et le soutien du conseil d'administration ne lui était plus entièrement acquis. Les experts le considéraient comme un dilettante ignorant qui n'avait aucun lien avec la vie artistique européenne ni celle de son pays d'origine, un charlatan qui s'intéressait exclusivement à la collection d'objets chypriotes conservée sous son nom.

Pourtant, quinze ans plus tard, il est toujours là avec ses binocles sur le nez et sa moustache de morse grisonnante face à la jeune Sigurlina confiante qu'il invite à s'asseoir sur un ton peu avenant. Il l'écoute d'une oreille lorsqu'elle lui expose le motif de sa visite tout en posant la fibule sur le grand bureau qui les sépare. Il sort d'une réunion éprouvante, comme c'est souvent le cas depuis quelque temps. Certes, l'ordre du jour portait principalement sur le projet d'extension et la nouvelle façade monumentale du bâtiment qui devrait avoir pignon sur la 5e avenue, mais il n'a pas pu empêcher les discussions sur un autre problème le mettant directement en cause : il n'y a pas si longtemps, un ouvrier en bleu de travail a été expulsé de l'établissement sur ordre de Cesnola et, désormais, les journaux reprennent en chœur l'idée que l'institution n'est rien de plus qu'un salon de riches qui se soucient aussi peu de l'éducation du petit peuple que de sa première chemise.

Ce n'est cependant pas exactement pour cette raison que Cesnola ne manifestait qu'un très vague intérêt à la broche islandaise crasseuse qu'il avait sous les yeux : le musée avait du mal à traiter toutes les offres qu'on lui proposait, les héritages affluaient, de même que les donations et autres cadeaux. Morgan avait commencé à intégrer les œuvres médiévales dans le catalogue, la gigantesque collection d'œuvres d'art de Marquand ne tarderait pas à entrer dans le fonds, John Jacob Astor et sa femme avaient récemment fait donation de tous leurs napperons et broderies, le conseil d'administration avait voté une dotation de deux cent mille dollars consacrée à l'achat d'œuvres d'art et prélevée sur la succession de la philanthrope Catherine Lorillard Wolfe, et les antiquités égyptiennes s'entassaient depuis plus de vingt ans, date à laquelle le musée avait entrepris de financer des campagnes de fouilles en Égypte. Il n'était en outre pas exceptionnel que l'homme de la rue, des gens comme Sigurlina, vienne frapper à la porte pour tenter de vendre des tas de choses, des antiquités d'origine imprécise, sans grande valeur historique voire affublées d'une histoire inventée. Très récemment, Cesnola avait reçu une lettre d'une vieille New-Yorkaise lui proposant d'acquérir une fresque retrouvée, selon ses dires, dans les ruines d'Herculanum, enfouie sous les cendres du Vésuve. L'histoire que lui racontait Sigurlina sur la découverte de cette fibule islandaise ne semblait pas aussi rocambolesque, mais elle pesait bien peu étant donné la profusion d'objets chargés d'histoire que le musée possédait aujourd'hui. L'ancienneté d'un artefact ne justifiait pas en soi son admission au sein du mausolée et, dans la paume grossière de Cesnola, le trésor de Sigurlina n'avait aucune valeur, cet homme n'y connaissait pas grand-chose en antiquités islandaises. Il reposa donc la pauvre fibule sur son bureau et la poussa vers la jeune femme du bout de son index : "*You need history to turn old gold into priceless treasure.*" "Il faut de l'histoire pour changer du vieil or en trésor inestimable."

Le général était en effet bien placé pour le savoir puisqu'on l'avait justement accusé d'avoir défiguré la statuette censée représenter Aphrodite, exposée dans la vitrine devant laquelle le dandy parfumé avait monologué. Pour résumer, Cesnola ou une personne sous ses ordres avait placé un miroir dans la main d'Aphrodite dans le but de confirmer sa théorie affirmant qu'il s'agissait bien là d'une représentation de la déesse de l'Amour et de la Beauté. Il pensait ainsi conférer une valeur historique et par conséquent marchande aux objets découverts dans les fouilles qu'il avait conduites et dont la statuette faisait partie.

Sigurlina était pétrifiée sur son siège. Elle tourna la tête dans tous les sens et ferma les yeux. Son seul espoir de s'arracher à l'existence misérable qui était la sienne à New York se voyait réduit à néant. Brusquement, on eût dit que la vie elle-même, son corps, accourait à son secours en lui créant d'autres inquiétudes sur ce qui ne manquerait pas de se produire si elle échouait à retenir l'éternuement qui naissait dans son long nez aux narines légèrement épatées, risquait de se propager comme un tremblement vers le bas de son buste et conduirait son vagin à expulser violemment une telle quantité de sang que ses trois jupons ne suffiraient pas à l'absorber, faisant ainsi une tache sur l'assise vert clair de son siège avant de s'infiltrer dans le rembourrage pour l'éternité.

Elle tendit prudemment le bras vers la broche. La concentration qu'exigeait le geste chassa l'air de son nez, elle était sauvée pour l'instant. Elle se leva, aussi prudemment qu'une vieillarde cacochyme, remercia brièvement et se précipita vers la porte, avançant toutefois à petits pas et sans jamais écarter les cuisses de façon à ne pas souiller le sol. Depuis le bureau de Cesnola, le spectacle devait être plutôt étrange. C'est-à-dire, s'il le regardait, ce qui était peu probable. Ce directeur de musée blasé pensait sans doute à autre chose qu'à la ridicule babiole de cette jeune femme aux airs de gamine qui s'efforçait en ce moment de quitter au plus vite le bâtiment pour aller retrouver la foule et la terre lourde détrempée capable d'absorber tout le sang qui s'était mis à couler le long de ses cuisses.

Le moins qu'on puisse dire est que l'entrevue avait été plutôt courte malgré sa longue attente, et maintenant il ne lui restait plus qu'à parcourir l'interminable trajet jusqu'à l'autre bout de Manhattan. Le jour déclinait rapidement, Sigurlina s'était mise à courir. Courir, c'est à ça qu'elle passait son temps. Elle courait, elle filait devant de magnifiques bâtiments, devant des fiacres rutilants, des hauts-de-forme, des robes virevoltantes, des sosies endimanchés de Jon le Rédacteur, des grands magasins, des voitures à essence, des agents de police, des restaurants, des tramways, des noirs, des chiens qui aboyaient, des bookmakers, des maquignons, des marchands de fruits, des vendeurs de rue, des gens qui proposaient des babioles de toutes sortes, des crieurs de journaux, une Chinoise, des bouchers, des charrettes à bras, des petites frappes, des voleurs, des chiffonniers, des vagabonds, des escrocs, des assassins, des mendiants, des vieillards, un estropié, des délinquants à peine sortis de l'enfance, une enfant portant un autre enfant dans ses bras, des centaines de maisons closes. Des synagogues.

En approchant de Ludlow Street, elle voulut prendre un raccourci et se retrouva dans une étroite ruelle adjacente qui semblait sans fin, elle avait l'impression d'être allée trop loin sur l'île de Manhattan. Elle aperçut par une porte ouverte des gens plongés dans un état second, derrière la vitre embuée, on distinguait un homme nu, un son dissonant qui ressemblait aux aboiements d'un chien hurlant à la mort s'échappait par une lucarne. Une étrange odeur flottait dans l'air. Elle resta un long moment dans les ténèbres, avançant et reculant, jusqu'à apercevoir enfin la cour de Rubinov. Et à l'avant, les toilettes. Elle ouvrit la porte d'un coup sec, releva ses jupons et s'assit sur la planche en bois brut. Il lui fallait de l'eau, il lui fallait de quoi s'essuyer. Et quelle crasse ! Où donc était passé l'épais catalogue posé sur la lunette pas plus tard qu'hier ? Elle fouilla dans son sac et en sortit

Carter le détective. Il y avait longtemps qu'elle n'avait pas ouvert un livre, préoccupée qu'elle était depuis des jours par un tas de pensées et de casse-têtes. Les quatre premières pages qu'elle avait déjà lues étaient à la fois fines et douces, elle pouvait se permettre de les déchirer. Son marque-page, une feuille pliée, tomba par terre. Elle se baissa pour le ramasser.

Les rayons de lune filtraient à travers le toit percé des toilettes : Waverly Place. Ah oui, c'était le mot que lui avait remis le robuste exécuteur testamentaire, il s'était avancé vers le bureau d'Hoffmann pour noter l'adresse de la veuve Clark sans se soucier du détail qui, à cet instant, sautait aux yeux de Sigurlina : il s'était servi du papier à en-tête d'Hoffmann. Et c'était le début d'une lettre datée du jour de son décès :

> Burgdorf. Riverside Drive
> October 19th, 1896
>
> Dear Miss Anderson,
> *I have now read through the draft of your book Gudrid and I will say*
>
> Chère Mademoiselle Anderson,
> *J'ai désormais lu l'ensemble des épreuves de votre livre sur Gudrid et je dois dire*

Ça s'arrêtait là. Peut-être Hoffmann avait-il été dérangé au milieu d'une phrase, par exemple, par M. Gilbert qui serait venu frapper à sa porte pour lui apporter un épais colis rempli de papier dactylographié ? Non, il semblait plus probable qu'autre chose ait arrêté dans son élan l'ancien patron de Sigurlina. Hoffmann n'avait tout bonnement pas eu le courage d'exprimer le fond de sa pensée sur le récit désinvolte et déconcertant de Mlle Brenda

Anderson, manuscrit que Sigurlina n'a lu qu'à moitié, mais qui lui revient maintenant en mémoire.

On donne des coups de pied dans la porte. Quelqu'un s'impatiente fortement devant les toilettes. Mais le bruit ne produit pas le moindre effet sur Selena Branson. Elle n'en a pas fini. Rivée à la lunette, à ce trou béant de ténèbres puantes, elle réfléchit. Elle ferme les paupières, Hoffmann lui apparaît, ses yeux clairs, perdus dans le lointain depuis lequel il l'observe, lisant dans ses pensées. Il disparaît quand le sol des toilettes se met à trembler sous les pieds de la jeune femme, sous ses chaussures noires qu'elle presse sur les planches : "*You need history to turn old gold into priceless treasure.*" "Il faut de l'histoire pour changer du vieil or en trésor inestimable." Ce n'est pas le général Cesnola qui parle, c'est Sigurlina elle-même. Elle tend le bras vers son sac pour y attraper la fibule. Elle presse son doigt sur le petit taquet qui se trouve à l'arrière. Il n'y a pas d'épingle ? Quelques secondes durant, ses pensées se bousculent si vite dans sa tête qu'elle a l'impression que son crâne va exploser, puis la tension se relâche et, enfin, ses lèvres esquissent un sourire. Le sourire qui fait croire aux gens qu'elle essaie de réfréner un rire, le sourire qui fait croire aux hommes qu'elle les mène en bateau. Elle tient la broche à l'horizontale devant elle. Une fibule ? Qui donc a dit que c'en était une ? Elle laisse le bijou retomber dans son sac : "*For you, my lady Gudrid.*" "Pour vous, dame Gudrid." Puis elle déchire les premières pages du roman policier et s'essuie avec soin.

Elle prit un peu d'eau devant la chambre des Rubinov, ramassa des chutes de tissu par terre et les emporta dans son lit. Malgré son épuisement dû aux péripéties et découvertes qui avaient ponctué la journée, elle n'arrivait pas à trouver le sommeil. En outre, il valait sans doute mieux qu'elle mette son projet à exécution pendant que les autres dormaient. La lumière d'un lampadaire entrait par la fenêtre à l'autre bout de l'atelier, mais elle devait tout d'abord se faufiler discrètement dans le bureau de Rubinov pour y subtiliser un peu d'encre, une enveloppe et un timbre. Quant à la plume, elle en avait une dans son sac.

Elle posa doucement la lettre d'Hoffmann sur la table de coupe tout près de la fenêtre et se servit de la page blanche à la fin de *Carter, détective privé,* pour s'entraîner, rédiger le brouillon et vérifier que le texte de sa lettre tiendrait sur cette unique feuille. Il y avait tout juste assez de place même si Hoffmann, dont elle connaissait assez bien l'écriture pour l'imiter, écrivait plutôt petit :

> Burgdorf. Riverside Drive
> 19 octobre 1896
>
> Chère Mademoiselle Anderson,
> *J'ai désormais lu l'ensemble des épreuves de votre livre sur Gudrid et je dois dire*

Sigurlina trempa doucement sa plume dans l'encrier de Rubinov, la fit glisser d'un geste affirmé sur la feuille du roman policier qui absorba le trop-plein d'encre, puis inspira profondément et reprit le fil de la lettre là où Hoffmann l'avait laissé :

que j'ai beaucoup apprécié cette lecture. Non seulement, votre livre semble être le fruit de recherches exhaustives sur tous les sujets qui comptent, mais, surtout, Gudrid y prend vie grâce à votre excellente description de son apparence, de son caractère, de ses vêtements et de ses bijoux. Voyez-vous, une boucle de ceinture en bronze découverte récemment dans les ruines érodées d'une ferme médiévale dans le nord de l'Islande, et dont on croit qu'elle appartenait à Gudrid, est entrée en possession de mon assistante islandaise. C'est là un objet qui devrait vous intéresser.

Je vous souhaite toutes les réussites dans la continuation de votre œuvre très prometteuse,

Bien à vous,
Dr. Franz W. Hoffmann

Sigurlina regarda l'encre sécher, la plume dans sa main tremblante. Elle prit l'enveloppe de Rubinov en s'efforçant d'oublier que sa texture était de qualité bien différente et qu'elle n'était pas très convaincante par rapport à l'élégant papier à en-tête. Elle plia la lettre et la glissa à l'intérieur. Évidemment, elle n'avait pas oublié l'adresse de Brenda Anderson. Puis elle regagna sa paillasse, rangea l'enveloppe dans son sac et le glissa sous la couverture lourde et moite. Elle avait toujours du mal à trouver le sommeil, d'autant plus qu'elle était bien consciente que la ceinture offerte par l'orfèvre Einar Thorgeirsson à Gudridur n'était sans doute pas mentionnée dans les sagas médiévales. Cet objet, comme bien d'autres détails de la biographie, était une pure invention de Miss Anderson.

Sigurlina était donc assez hésitante en sortant dans la rue le lendemain matin. Et ce n'était pas la seule chose qui l'amenait à douter de son stratagème qui lui avait semblé génial la veille au soir, aux toilettes. L'idée n'était-elle pas en fin de compte simplement saugrenue ? Et si cette broche, ou plutôt cette prétendue boucle de ceinture, venait par cette lettre à trouver sa place dans l'histoire de l'humanité, quel moyen Brenda Anderson avait-elle d'entrer en contact avec Sigurlina, sa propriétaire ? Il restait également un détail auquel elle n'avait pas eu le temps de réfléchir : non seulement la lettre était un faux, mais son contenu était un tissu de mensonges. Ne devait-elle pas revoir son plan pour en mesurer toutes les conséquences ? Non, bien sûr que non, elle n'avait pas les moyens de réfléchir aux implications de ses actes maintenant que son existence se résumait à un interminable enchaînement d'épreuves. Forte de cette certitude, elle traversa la rue et se dirigea vers la boîte à lettres. Ladite certitude ne suffit toutefois pas à la conduire à destination : juste avant d'arriver de l'autre côté de la chaussée, elle s'arrêta brusquement. Comme si quelqu'un avait tiré d'un coup sec sur ses vêtements. Une main gigantesque descendue des cieux avait saisi le haut de son manteau entre son pouce et son index en la soulevant légèrement du sol avant de la secouer vigoureusement : elle devait non seulement redouter les conséquences, le risque qu'on puisse découvrir son délit, mais surtout la portée de l'acte qui, en lui-même, consistait à mettre une âme en péril. Le dos droit, les bras le long du corps, elle prit une profonde inspiration en attendant que sa folle idée se dissipe : elle pouvait caresser ce projet pour entretenir en elle une lueur d'espoir, mais devait se garder de le mettre réellement à exécution.

Retour à la case départ. Elle rebroussa chemin, traversa la rue dans l'autre sens, à petits pas, sans faire attention où elle posait les pieds. Arriva alors ce qui devait arriver depuis plusieurs jours. Après ses longues marches dans la grande ville, la semelle que Mathiesen, le cordonnier de la rue Brattagata, avait clouée sous sa minuscule bottine commençait à se détacher et là, en cette froide matinée de décembre, elle se plia en deux lorsque la jeune femme trébucha sur une pierre au milieu de la chaussée : Sigurlina fille de Brandur, fils de Jon de la ferme de Kot dans le Skagafjördur, perdit l'équilibre. Elle plaça machinalement ses mains devant elle pour se protéger, si bien que son sac, sa besace en tissu brodé, vola haut dans les airs et retomba dans la rue avant que sa propriétaire ne s'y effondre elle-même.

Dès qu'elle eut repris ses esprits, elle tenta de se relever. Malgré le monde, personne n'avait prêté attention à ce qui venait de se produire. À l'exception d'une passante, postée à côté d'un kiosque installé sur ce qui méritait à peine le nom de trottoir, qui clopina dans sa direction le plus vite possible. Une dame d'un certain âge, vêtue d'un épais manteau à col en fourrure, d'une chapka, mais sans sac à main. Lorsque Sigurlina s'était enfin redressée, la femme avait eu le temps de ramasser sa besace à terre avant de se fondre dans la masse des passants. Elle traîna allègrement sa patte folle jusqu'au bout de la rue puis ralentit en arrivant sur The Bowery. Elle n'imaginait certes pas qu'au moment où elle avait ramassé les seuls biens de Sigurlina, le brigadier Cooke arrivait justement à Hester Street. L'esprit totalement occupé par Maggie O'Reilly, il ne se soucia même pas de la jeune femme qui cherchait son sac dans la rue poussiéreuse. Combien de fois avait-il été à un cheveu de pincer la voleuse la plus célèbre de la ville ? Aujourd'hui, il était fermement résolu à l'arrêter. Vêtu de son uniforme à double boutonnage, il fendit vigoureusement la foule en avançant à grandes enjambées, poursuivant la chapardeuse jusqu'au bas de la rue, puis, quand elle obliqua sur Canal Street, il se prépara à l'appréhender. Il posa sa grosse main enflée sur l'épaule de la vieille femme et l'empoigna avant même qu'elle se retourne en une volte-face énergique. Elle lui présenta son visage sombre : son regard froid, la fente grimaçante de sa bouche, sa peau grisâtre au grain grossier. Ils se jaugèrent quelques instants. O'Reilly, également connue sous le nom de Blue Edie, ne fit aucune tentative pour se libérer et laissa le brigadier la conduire jusqu'à Elm Street où il l'enferma dans une cellule.

Pendant ce temps, Sigurlina arpentait Hester Street, en quête de sa besace. Elle n'avait même pas remarqué les gestes rapides comme l'éclair d'O'Reilly, mais commençait à craindre qu'on lui ait dérobé son sac. Malgré cela, elle continuait à courir, à se démener, et maintenant, elle s'était mise à crier. Les rares passants qui lui accordaient un peu d'attention lui lançaient des regards noirs. Elle s'immobilisa et resta figée sur le trottoir tandis que la foule continuait à circuler. Plus elle restait longtemps immobile, plus il lui était difficile de bouger. En réalité, elle n'osait plus le faire.

Le brigadier Cooke était maintenant rentré à son bureau de Mulberry. Il s'installa à sa table de travail et y posa le butin en regardant par la fenêtre, soupirant à la vue de la foule, ce chaos compact et hostile. Sa prouesse de la journée ne lui avait pas procuré la joie escomptée. Au contraire, l'arrestation de la vieille chapardeuse l'avait plongé dans une lassitude anxieuse. Il attrapa le sac brodé et le vida sur sa table. Une plume, un peigne cassé, un minuscule carnet marqué au nom de Selena Branson, un petit bout de crayon noir, un mouchoir sale brodé d'un S et d'un B, un roman policier déchiqueté, quatre pennies et un petit objet métallique partiellement doré. Cooke observa le tout avec un soupir avant d'approcher la besace de ses narines qui s'emplirent des senteurs d'une fleur d'Islande. Une dryade à huit pétales – une renoncule des collines. C'est ainsi qu'il découvrit l'enveloppe qui se trouvait au fond. La mélancolie céda bientôt place à la curiosité. Le nom de la destinataire lui était inconnu, mais l'adresse l'étonnait, il supposait qu'il devait poster cette lettre, qui lui donnait également l'espoir de retrouver la propriétaire du sac et des babioles qu'il contenait.

V

Vinlandia

Seuls les draps blancs apportent un peu de lumière aux grandes salles sombres lorsqu'on a refermé la porte de l'atelier, tout entier nimbé d'une clarté orangée. Un parfum de roses flotte dans l'air. Un homme et une femme discutent à voix basse. Jeune, hâlé et svelte, il porte une tunique claire. Il est peintre. Sa toile est le gigantesque mur en ciment de quatre mètres sur six au fond de la pièce. Il a presque achevé son œuvre : un bateau viking voguant sur une mer d'huile. À la proue, un homme et une femme : Thorfinnur Karlsefni et Gudridur, son épouse, vêtue d'une robe bleu saphir, avec à la taille une ceinture dorée que l'artiste s'apprête à terminer. Debout sur l'escabeau, il approche son visage de l'œuvre et, du bout de son pinceau, trace d'un geste expert un fil d'or après l'autre. Il recule pour mieux voir ce qui constitue le point central de la fresque. “Parfait !” murmure-t-il. Tout à coup, il pousse un cri strident qui se répercute dans la pièce, puis parvient à retrouver son équilibre. Soulagé, il inspecte à nouveau son travail et s'étonne de l'absence de réaction de sa cliente, allongée sur la méridienne au centre du salon. Ne l'a-t-elle pas entendu ? À moins que Mlle Brenda, fille unique du défunt Carl Anderson, ne puisse pas se permettre de lever les yeux de la lettre qu'elle a fini de lire et qui l'attendait depuis le matin sur le plateau d'argent posé sur la table.

Quadragénaire, elle est célibataire et immensément riche. On ne peut toutefois pas dire que ce soit l'archétype de la grande bourgeoise occupée toute la journée à des bonnes œuvres ou à des mondanités : son caractère particulier et ses rêves brisés l'ont isolée de la haute société à laquelle elle appartient pourtant indéniablement. En réalité, Brenda n'a jamais souhaité faire partie de cette élite si ce n'est pour jouir des privilèges qui lui sont attachés. Elle a passé sa vie à s'élever contre ses origines : Brenda a toujours considéré que la richesse de ses parents alliée à leur absence totale d'empathie lui a interdit de réaliser son rêve de devenir écrivain. Selon elle, c'est cela qui l'a empêchée de s'engager politiquement et de fréquenter les groupes d'écrivains radicaux et autres artistes que compte la ville. Elle savait toutefois au fond d'elle-même que ce n'était pas vrai, il y avait à n'en pas douter d'autres raisons expliquant pourquoi il lui était si difficile de publier ses œuvres, y compris celles qu'elle avait écrites sous divers pseudonymes. Mais Brenda s'en était tenue à sa version et, à l'âge de vingt-cinq ans, elle avait décidé que le moment était venu de quitter New York pour s'offrir un long périple en Europe. Après un voyage de plusieurs mois sur le continent, elle était partie en Angleterre, hébergée chez des amis de sa famille. C'est là qu'elle avait rencontré un jeune homme, un linguiste écossais, passionné par les origines nordiques de la jeune Américaine. Fascinée par la liberté d'esprit et la fougue de cet Écossais, elle avait enfin eu l'impression de rencontrer son artiste bohème, il lui parlait des héros médiévaux, de leurs prouesses, de leurs amours et de leurs destins. Puis, au fil de leurs rencontres, il était apparu que son prétendant n'avait rien d'un bohémien mais qu'il était psychiquement malade et en proie à toutes sortes d'obsessions.

Lorsqu'elle lui avait annoncé qu'ils ne se verraient plus, il avait d'abord réagi très violemment, puis s'était effondré en la suppliant de ne pas l'abandonner. Face à cette situation embarrassante, le maître de maison s'était finalement résolu à expulser l'Écossais de son domicile. Le jeune homme s'était alors mis à guetter Brenda partout, si bien que pendant un moment elle n'avait plus osé sortir de la maison et, lorsqu'elle était rentrée en Amérique, elle était à bout de nerfs.

Même si la rencontre avec cet ambassadeur des lettres médiévales islandaises avait été pour elle une épreuve, elle lui avait malgré tout apporté l'inspiration qu'il lui fallait pour écrire et lui avait permis de découvrir le livre intitulé : *The Norse Discovery of America. The Wineland Sagas*. L'Écossais le lui avait offert d'un air solennel et cérémonieux, il avait écrit sur la page de garde des divagations ridicules que Brenda avait arrachées et jetées au feu avant de quitter l'Angleterre en emportant dans ses bagages celle qui deviendrait sa passion, son héroïne : Gudridur. Peu après son retour, elle avait découvert qu'elle n'était pas la seule à s'intéresser aux voyages des Scandinaves en Amérique même si personne n'avait, selon elle, rendu justice au personnage de Gudridur. Et voilà qu'aujourd'hui, allongée sur sa méridienne dans son Vinland personnel, il lui semble que le rêve qu'elle caresse depuis des années est enfin sur le point de se réaliser : elle tient dans une main la bénédiction du Dr. Hoffmann en personne – dire qu'il lui a écrit le jour où il est mort – et, dans l'autre, la lettre du brigadier Cooke qui lui explique de quoi il retourne tout en lui demandant de l'aider à retrouver la propriétaire d'un sac contenant quatre pennies, un peigne cassé, un mouchoir sale, un carnet marqué du nom de Selena Branson, un objet métallique doré et quelques autres broutilles. Cooke ignore évidemment la teneur de la lettre d'Hoffmann à Brenda qui ne met pas longtemps à effectuer les déductions qui s'imposent : c'est l'assistante islandaise d'Hoffmann elle-même qui devait poster cette lettre, mais elle l'a oubliée au fond de son sac qui lui a ensuite été dérobé. Quant à l'objet métallique doré, c'est la boucle de la ceinture de Gudridur dont l'assistante est sans doute réticente à se séparer. Soit, il manque quelques maillons à ce récit, mais cela suffit à convaincre Brenda que le premier pas sera d'aller frapper à une certaine porte quand elle ira en ville dans deux jours porter son manuscrit prêt à être imprimé. Elle se rendra chez quelqu'un qui tient ses quartiers d'hiver dans la maison où elle a passé son enfance sur la 5e avenue.

Il eût été absolument impossible que ce nom lui échappe

Le premier pas ? À aucun moment, il ne lui était venu à l'esprit d'aller à la police lorsqu'elle avait enfin trouvé la force de se déplacer pour rejoindre sa tanière. Du plus loin qu'elle se souvienne, elle s'était toujours adonnée aux travaux d'aiguille par utilité ou parfois pour son plaisir, mais jamais elle n'avait envisagé que des gestes banals et répétitifs puissent la sauver du désespoir et de la folie. Ah, qu'il était bon d'appuyer sur la pédale, de voir l'aiguille monter et descendre à toute vitesse, de sentir le tissu bouger et défiler le long de sa jambe. Les vibrations de la machine se transmettaient à ses doigts transis, elle était assise, emmitouflée dans son manteau, tandis que la tempête de neige déchaînée sifflait dans les trous du toit.

Elle travailla ainsi plusieurs jours jusqu'à ce qu'elle se retrouve clouée au lit par une forte fièvre. Terrassée sur la planche rigide de sa paillasse, elle entendait les hurlements de Rubinova dans la chambre conjugale. Évidemment, personne n'éprouvait la moindre compassion pour une couturière malade comme un chien dont on ignorait les origines, et cela ne s'arrangea pas lorsque Rubinova mit au monde un enfant mort-né, toute la maisonnée étant naturellement accablée par cette terrible épreuve. Sigurlina dut se débrouiller seule pour s'extirper de sa couche trempée de sueur, aller chercher de l'eau et satisfaire ses besoins les plus primaires. Elle ne pensait à rien ou presque, obsédée par une seule idée : sa détresse était totale, son désarroi absolu. Il y avait toutefois une chose qui la taraudait. Elle avait l'impression d'être finalement devenue ce que son père avait prédit : quantité négligeable. Moins que zéro. Elle se demandait comment tenter de le contacter. Quant à sa mère, elle s'efforçait d'y penser le moins possible.

Puis un beau matin, elle ouvrit les yeux, se releva et se remit à sa machine. Elle se sentait encore très faible même si on la nourrissait assez et qu'elle ne devait travailler que jusqu'à l'heure du souper. Ensuite, le calme s'installait dans cet étrange logis. Chacun restait de son côté, Rubinova, qui s'était montrée la plus généreuse avec elle, était toujours alitée. Sigurlina ramassa quelques chutes de tissu sur le parquet et essaya de se fabriquer quelque chose qui lui serait utile et lui occuperait l'esprit. Elle se plongea dans un vieux journal que le propriétaire avait laissé là. Elle en lut chaque caractère, ce qui lui permit de le faire durer plusieurs jours : le Kaiser Guillaume II comptait développer sa marine de guerre, tensions en Haïti, les Chinois cèdent Hong Kong et les territoires voisins aux Anglais, Cuba sera bientôt indépendante, catastrophe ferroviaire à Varsovie, un ancien ministre du gouvernement d'Uruguay envoyé en exil, le barbier Martin Thorn de Manhattan exécuté par électrocution à la prison de Sing Sing. Thorn avait avoué le meurtre de William Guldensuppe, un masseur allemand, et le tribunal l'avait déclaré coupable. Sigurlina lut le jugement de cette affaire considérée par le journal comme le crime le plus affreux commis à New York depuis longtemps. L'article ne précisait toutefois pas comment, au début de l'été, le meurtre de Guldensuppe avait mis en effervescence la population, la police, les détectives privés et les journalistes. Il ne disait pas un mot de la comédie qui s'était mis en branle avec, en première ligne, les feuilles de chou publiées par Joseph Pulitzer et William Hearst, lorsqu'un fermier de Long Island avait trouvé sa mare aux canards colorée en rouge sang, lorsqu'une famille partie cueillir des baies à Harlem avait trouvé une jambe dans un grand fossé et que deux gamins jouant au bord de l'East River à deux pas de la 11e rue avaient aperçu une grosse masse qui s'était avérée être le buste d'un homme dont les deux bras flottaient tout près de la rive. Sigurlina continua à feuilleter le journal sans méditer sur la fin tragique du triangle amoureux entre le barbier, le masseur et sa logeuse, une dénommée Augusta Nack.

Elle parcourut ensuite les informations locales, pour certaines incompréhensibles. Le journal rappelait que Noël approchait, il était question de représentations théâtrales, de lutte pour l'égalité des sexes, de mariages récemment célébrés ou devant l'être prochainement. Elle lut les nécrologies et les avis de décès, toutes sortes de brèves et d'entrefilets qui faisaient état de meurtres ou de suicides. Des réclames pour des séjours en Europe, voyages en train de Londres à Paris puis vers la Côte d'Azur et jusqu'en Italie. Hôtels à Florence, à Venise et à Rome. Vint le tour des offres et demandes d'emploi qu'elle éplucha scrupuleusement : comptables, tapissiers, serveurs, boulangers, employés de bureau, secrétaires, compositeurs d'imprimerie, accordeurs de pianos, orfèvres, concierges, mécaniciens, garçons d'ascenseur, imprimeurs, tapissiers décorateurs, peintres, sténodactylos, maçons et vendeurs. Parmi les hommes, certains cherchaient aussi à entrer au service de particuliers en tant qu'aides pour personnes âgées, majordomes, valets, serviteurs de toutes sortes, cuisiniers, cochers, charretiers, palefreniers, jardiniers. Les femmes souhaitaient s'engager comme servantes, cuisinières, lingères, employées de maison, couturières, dames de compagnie pour femmes de la haute société, camérières, compagnes de voyage, professeurs d'allemand, professeurs de français, coiffeuses, secrétaires, sténodactylos. Elle lut brièvement diverses informations concernant les importations de produits étrangers, jeta un œil aux cours de la Bourse puis tendit le bras vers la lampe à pétrole et l'éteignit.

Ses insomnies appartenaient désormais à l'histoire ancienne, elle était libérée de tout souci, son seul projet étant d'envoyer une lettre en Islande pour demander de l'aide. Cette perspective n'avait cependant rien de particulièrement réjouissant et, par moments, elle réfléchissait à l'idée d'aller un peu plus haut sur l'île pour y chercher un emploi mieux payé dans une authentique usine de confection. Dans ce cas, il faudrait naturellement qu'elle trouve un autre logement. Devait-elle tenter de mettre une annonce dans les journaux ? Y avait-il une adresse correspondant à la ruelle où elle vivait ?

Le propriétaire des lieux monta à nouveau au grenier. Rubinov s'était encore absenté pour porter en un lieu quelconque des vêtements inachevés. N'ayant pas l'intention de laisser son locataire s'en tirer comme ça, le grand bonhomme corpulent s'installa sur le minuscule tabouret accolé au mur à gauche de la table de travail de Sigurlina. Tout près de la jeune femme, il se plongea dans son journal en émettant des sons, divers bruits dont la plupart étaient censés exprimer le dédain que lui inspirait sa lecture. Puis, brusquement, il éclata de rire. Assise à sa machine où elle assemblait le tissu particulièrement épais et revêche de la manche d'un manteau, Sigurlina sursauta, leva les yeux et regarda dans sa direction. Elle voulait qu'il sente sur lui le poids de son regard réprobateur, mais évidemment il ne se rendit compte de rien derrière son gigantesque journal grand ouvert qui tressautait au rythme des rires que déclenchait sa lecture. Le journal bougeait dans tous les sens. Puis, peu à peu, il s'immobilisa et l'amusement du propriétaire se dissipa. Le regard de Sigurlina tomba alors en arrêt sur un article en haut à droite de la dernière page. Les lettres lui sautèrent littéralement aux yeux, du reste le nom qu'elles formaient n'était pas banal, il eût été absolument impossible que ce détail lui échappe : *Brenda Anderson.* Elle approcha son visage pour scruter le cadre élégant dans lequel figurait une annonce : *La Découverte islandaise de l'Amérique cinq cents ans avant Christophe Colomb.* Conférence à l'occasion de la sortie du livre *Gudrid. La première mère caucasienne d'Amérique.* L'événement aurait lieu au Metropolitan Museum le dimanche 20 décembre à 15 heures. Entrée gratuite. Mais alors que Sigurlina avait le visage presque collé au journal afin de déchiffrer les plus petits caractères, l'homme le replia pour lire la dernière page. Elle s'empressa de retourner à son ouvrage et à ce maudit tissu qui refusait de se transformer en manche.

Les Rubinov étant partis prier, elle en profita pour prendre de l'eau, posa la bouilloire sur la cuisinière, se lava, repassa sa robe et son manteau, remit de l'ordre dans ses cheveux en bataille, souffla sur la poussière de son chapeau et les trois fleurs rouges qui l'ornaient. Puis elle gagna le haut de Manhattan, parcourant pour la deuxième fois la longue distance qui l'en séparait. Sa semelle pendouillait sous sa bottine, elle avançait d'un pas alerte, levant les jambes bien haut pour ne pas trébucher, comme un soldat à la parade.

Des gens attroupés devant le musée attendaient de pouvoir entrer. La salle où Brenda devait prendre la parole et présenter son livre ne tarda pas à se remplir. Sigurlina s'installa au fond, essoufflée après cette marche éprouvante. Elle fit discrètement un tour d'horizon de l'auditoire – il était manifeste qu'aucun de ces gens ne venait de son quartier. Deux dames d'âge mûr étaient assises devant elle, mais il y avait surtout des hommes. Et ce n'était pas uniquement l'intérêt qu'ils portaient à la littérature médiévale islandaise ou à la protagoniste du livre tout récemment publié qui les avait attirés ici

– contrairement à ce que Sigurlina pensait – mais le titre de la conférence.

Depuis que l'archéologue et philologue danois Carl Christian Rafn avait publié son corpus intitulé *Antiquitates Americanæ* en 1837, les écrivains et chercheurs américains s'intéressaient de plus en plus à la découverte de l'Amérique par les navigateurs scandinaves. Au fil du siècle, cet intérêt avait plus ou moins pris la forme d'un duel entre Christophe Colomb et Leifur Eiriksson, duel qui avait atteint son apogée lorsqu'on avait dévoilé les statues des deux personnages historiques. Celle de Leifur Eiriksson à Boston et celle de Colomb à New York. Ces affrontements avaient réveillé la vieille hostilité envers l'héritage catholique d'une partie des immigrants américains, leur influence et leur pouvoir, surtout à New York. L'intention de Brenda n'était absolument pas de s'immiscer dans ces querelles politiques, culturelles et historiques, elle souhaitait plutôt les mettre à profit pour attirer l'attention sur son ouvrage et se tailler une place particulière en soulignant l'importance du personnage de Gudridur. Espérant que la femme et la mère qu'elle avait été acquerraient un poids accru dans la conscience historique de la nation.

La conférence débuta par une intervention brève et plutôt embrouillée de Cesnola qui semblait ne pas connaître grand-chose au sujet, mais tint des propos élogieux sur la conférencière et sur le soutien irremplaçable qu'elle apportait à son musée. Lorsqu'il eut fini, Brenda monta au pupitre. Des murmures discrets et admiratifs parcoururent la salle : Brenda étant issue de la haute société, son apparence et son attitude étaient à l'avenant. Grande, les cheveux bruns relevés en un chignon bohème. Ses sourcils bruns tranchaient joliment sur la peau blanche de son visage large aux trait doux. Elle portait un corsage en dentelle, une jupe noire et un grand collier de perles. Bien qu'elle ressemblât à l'image qu'elle s'en était faite, Sigurlina était bouche bée. Peut-être surtout parce qu'elle constatait que cette femme existait réellement. Étant donné l'invraisemblable enchaînement d'événements qui avaient ponctué sa vie ces deux derniers mois, Sigurlina se demandait parfois ce qui était réel et ce qui ne l'était pas. Désormais, cela lui sautait aux yeux : la destinataire du faux qu'elle avait rédigé était une personne en chair et en os, probablement riche et, par conséquent, dotée d'un certain pouvoir.

Il s'en était fallu de si peu pour que sa missive finisse dans la boîte à lettres. Que serait-il arrivé si elle avait une nouvelle fois changé d'avis ? Si elle avait posté ce faux ? N'était-ce pas le destin qui lui avait fait un croc-en-jambe pour la faire trébucher, la providence qui lui avait envoyé cette voleuse, l'empêchant ainsi de commettre un crime ?

Brenda Anderson souhaita à tous la bienvenue. Contrairement à ce que suggérait son apparence, sa voix n'était pas douce, sans être pour autant agressive. Mais quand la conférence débuta, elle se fit presque cassante, sa diction avait quelque chose d'abrupt. Elle commença par expliquer ce qui l'avait conduite à s'intéresser aux navigateurs scandinaves en soulignant que leurs expéditions représentaient d'authentiques prouesses pour l'époque même si les traces qu'elles avaient laissées dans l'histoire de la culture occidentale n'étaient pas aussi profondes que celles des voyages de Christophe Colomb quelque cinq cents ans plus tard. Puis elle décrivit les colons qui avaient peuplé l'Islande au IXe siècle, leur héroïsme, leur amour de la liberté, leur connaissance de la loi, et conclut en soulignant que parmi ces colonisateurs se trouvait une femme. Une femme remarquable, exceptionnelle, tant par son courage que par son destin. Elle espérait avoir réussi à la dépeindre ainsi dans son livre en s'appuyant sur le prestigieux héritage littéraire médiéval islandais qui, peu à peu, devenait accessible aux lecteurs anglophones.

Brenda leva les yeux de ses notes et apostropha à nouveau la salle. Son auditoire ne tarderait plus à avoir droit à une surprise. Elle hésita toutefois un instant. Une partie du public se disait sans doute que son indécision était purement rhétorique et visait uniquement à tenir la salle en haleine. Or il n'en était rien. Ce n'était pas sans mal qu'elle avait finalement pris la décision de dévoiler l'objet qui se trouvait tout près d'elle, protégé par une vitrine et posé sur un carré de velours bleu.

Brenda n'avait pas hésité à rendre visite au brigadier Cooke dès qu'elle avait reçu sa lettre. Elle l'avait aisément convaincu qu'elle était en position de retrouver la propriétaire du petit sac en velours. Dès qu'elle fut montée dans son fiacre, elle explora la besace et fut aussitôt persuadée qu'elle était entre de bonnes mains. Brenda n'était pas une voleuse. Elle comptait naturellement remuer ciel et terre pour retrouver la propriétaire de cette boucle de ceinture, et supposait qu'elle n'aurait aucun mal à la convaincre de la lui céder moyennant finance : à en juger par le contenu du sac, cette femme n'était pas riche et ce trésor antique avait sans doute atterri entre ses mains par hasard : la chose n'était pas rare à l'étranger. Brenda se savait en position de force par rapport à la propriétaire du joyau qu'elle convoitait. Hélas, elle ne disposait d'aucune information lui permettant de remonter jusqu'à elle. On pouvait déduire de la lettre d'Hoffmann qu'elle était islandaise, c'était sans doute elle qui avait inscrit dans le petit carnet le nom de Selena Branson.

Les journées qui suivirent, on eût cru que Brenda s'intéressait plus à cette Islandaise qu'à la boucle de ceinture. Elle contacta ceux des anciens domestiques d'Hoffmann qu'elle connaissait et les gens impliqués dans la liquidation de sa succession. Tout le monde ignorait où était passée cette jeune Islandaise, y compris l'exécuteur testamentaire qui précisa toutefois lui avoir trouvé un logement à Waverly Place, chez la veuve Clark qui devait la recommander pour un travail dans un atelier de couture. Hélas, la brave dame était décédée dans l'incendie de sa maison, quelques semaines plus tôt. Désormais, Dieu seul savait ce qu'était devenue la jeune fille.

Brenda avait donc un gros problème : elle se retrouvait avec cet objet précieux sur les bras, dont elle était de fait devenue la gardienne et la protectrice. Armée de cette conviction, elle rendit visite à Cesnola et Marquand, président du conseil d'administration du Metropolitan Museum et leur annonça la publication imminente de son livre en soulignant le rôle capital de son contenu pour la conscience historique de la nation, elle porta Hoffmann aux nues et encensa le travail qu'il avait accompli dans ce domaine d'études puis, abattant toutes ses cartes, précisa que ce petit objet en bronze datait de la première moitié du XIe siècle et avait été récemment découvert pendant des fouilles en Islande par des archéologues qui considéraient qu'il avait appartenu à l'héroïne dont elle racontait l'histoire dans son livre, cette exploratrice d'exception venue jusqu'en Amérique avec son époux, cinq cents ans avant Christophe Colomb. Cette relique appartenant à l'ancienne assistante du regretté Hoffmann, une jeune Islandaise qui s'appelait Selena Branson, devait occuper la place d'honneur qui lui revenait de droit dans le département consacré au Moyen Âge que le musée comptait ouvrir prochainement. Brenda se chargerait elle-même de l'acquisition de l'objet qu'elle estimait à quinze mille dollars, pièce dont elle ferait ensuite donation à l'institution. Elle n'avait avancé cette somme faramineuse que pour mieux convaincre les deux hommes de la valeur tant historique que marchande de cette boucle de ceinture.

Cesnola, qui avait manifestement oublié l'avoir vue entre les mains de Sigurlina dans son bureau quelques semaines plus tôt, accueillit la requête de Brenda avec la plus grande réserve : eu égard à ses origines, il répugnait à promouvoir toute théorie susceptible de remettre en cause le rôle de Christophe Colomb dans la découverte de l'Amérique. Quant à l'idée consistant à dévoiler solennellement la boucle en public le jour de la conférence où Mlle Anderson viendrait présenter sa biographie de Gudridur, il était également très réticent. Sachant toutefois que Brenda projetait de faire d'autres donations, il ne voulait pas la froisser. Au fond de lui, il supposait cependant que son opinion n'avait pas grande importance, sa position dans le musée s'était beaucoup affaiblie, et il n'avait pas d'autre option que de se ranger aux vues du président du conseil d'administration qui semblait, contrairement à lui, séduit par les idées de sa riche compatriote. Et ce n'était pas sans raison qu'il l'était puisque, un peu plus tôt, Brenda avait préparé le terrain. Quelques jours avant sa visite au musée, elle avait contacté Marquand pour lui proposer d'acquérir un tableau qu'il convoitait depuis longtemps, depuis que son père, le regretté M. Anderson, le lui avait soufflé lors d'une vente aux enchères lorsque Brenda était encore adolescente. *Portrait d'homme* de Rembrandt.

Cette entrevue dans le bureau de Cesnola s'était donc terminée de la meilleure manière qui soit pour Brenda, même s'il lui restait à s'acquitter de la tâche difficile consistant à acheter cette boucle de ceinture, transaction future dont elle n'avait pas révélé aux deux hommes tous les tenants et aboutissants. Désemparée, elle s'était résolue à engager un détective privé censé retrouver les anciens locataires de la veuve Clark, mais il avait échoué. Chercher une couturière dans cette partie de la ville revenait à chercher une aiguille dans une botte de foin.

C'est ainsi que Brenda se retrouve en ce moment devant ses auditeurs, brusquement hésitante, craignant de s'être mise dans une posture acrobatique et sans le moindre filet : pour ne pas risquer de se voir un jour accusée de vol et pour que la direction du musée continue de se fier à sa parole, elle lance un avis de recherche adressé à la propriétaire de la boucle. Cet avis est cependant délivré de façon à ce que seule ladite propriétaire le comprenne, au cas où elle serait dans la salle. La formulation de Brenda est tellement nébuleuse qu'on peut l'interpréter de deux manières : le musée est désireux d'acquérir la pièce, ou bien : il s'y intéresse simplement beaucoup.

Un des employés de l'institution s'est posté devant l'étoffe bleue qui recouvre le pupitre. Brenda décrit l'objet, mentionne son origine, ses liens avec Gudridur, elle souligne sa valeur muséographique et sa portée culturelle, et précise qu'il aurait toute sa place dans l'une des vitrines du nouveau département médiéval que le Metropolitan prévoit d'ouvrir d'ici peu. Puis elle donne le signal à l'employé.

Les auditeurs se redressent machinalement. Certains se lèvent quand Brenda fait signe à l'assistance de s'approcher pour admirer la boucle de ceinture âgée de presque mille ans qui a appartenu à la première mère américaine de race blanche. Assise tout au fond de la salle, Sigurlina ne bouge pas. Elle aurait sans doute été préparée à tout cela si le propriétaire de Rubinov n'avait pas refermé son journal avant qu'elle n'ait eu le temps de lire jusqu'au bout l'encadré annonçant cette conférence. Du reste, n'aurait-elle pas dû s'attendre à ce que son sac arrive chez Brenda puisque c'était le nom de cette femme qui figurait sur l'enveloppe ? À moins que, déçue par la maigreur de son butin, la voleuse n'ait su lire, qu'elle n'ait ouvert la lettre et que, comprenant la valeur de la fibule, elle se soit débrouillée pour en tirer profit. Par exemple, en la portant chez l'antiquaire puis directement au musée, munie du document rédigé de la main d'Hoffmann qui attestait formellement de sa provenance.

Sigurlina attendait que son corps cesse de trembler comme une feuille. Elle inspira profondément. Devait-elle se manifester ? Était-elle la propriétaire de cette merveille ?

Voulait-elle le vendre ? Elle se leva et s'avança vers les auditeurs qui murmuraient d'admiration, attroupés autour de la vitrine. Elle aperçut Brenda, sa libératrice, et oublia aussitôt qui était le propriétaire véritable et légitime de la broche : subitement persuadée que c'était elle-même, conviction qui perdura jusqu'à l'instant où elle atteignit la vitrine et posa les yeux sur son compagnon de voyage exposé sur un carton laqué d'un beau rouge vermillon. Jamais il ne lui avait semblé aussi beau. Il était là, scintillant comme de l'or, cet objet inestimable qui mettrait fin au cauchemar qu'était devenue sa vie. Elle approcha son visage de la vitre, comme dans l'intention de la traverser, puis se trouva brusquement transportée ailleurs, à des lieues de son magnifique rêve. De l'autre côté de la vitrine, elle vit un jeune homme qui, contrairement à elle, devait se pencher considérablement en avant pour observer la fibule. Mais voici maintenant que l'attention de ce dernier était captée par une tout autre vision à l'arrière des deux vitres : N'était-ce pas Sigurlina, la fille de Brandur Jonsson, directeur du musée des Antiquités d'Islande à Reykjavik ? Il n'en croyait pas ses yeux : il devait faire erreur. De tels hasards étaient simplement impossibles ! Sigurlina, en revanche, n'hésita pas à croire ce qu'elle voyait et, lorsqu'elle découvrit celui qui l'accompagnait, elle n'eut plus aucun doute, une de ses paupières restait perpétuellement fermée. C'était l'Anglais dont elle avait cru un instant qu'il lui faisait de l'œil à l'automne précédent alors qu'elle attendait de voir son père, installée sur le trône aux chevaliers au musée des Antiquités. L'homme à la paupière tombante quittait alors le bâtiment en compagnie de son ami et collègue islandais, ce lèche-botte de Dr. Finnsson, traducteur de sagas médiévales qui secouait maintenant la tête et se redressait devant la vitrine tandis que Sigurlina reculait lentement, espérant se fondre et disparaître dans l'attroupement formé autour de Brenda, occupée à discuter avec son public.

Désemparée, elle déambula parmi les auditeurs le temps de prendre une décision. Elle devait quitter les lieux sans tarder. Elle se dirigea vers le grand hall en se faufilant entre les gens, si bien qu'elle bouscula l'écrivaine-conférencière et faillit la renverser. Brenda laissa échapper un petit cri. Sigurlina voulut s'excuser, mais, incapable de prononcer un mot, elle se contenta d'adresser un regard désespéré à cette grande et magnifique femme, à ce joli visage plein de douceur, avant de poursuivre sa route, quittant le plus rapidement possible la salle, le hall et le bâtiment.

Il faisait nuit et il neigeait. Elle descendit l'escalier à toute vitesse, lançant un regard rapide par-dessus son épaule. Finnsson et l'Anglais étaient eux aussi sortis du musée. Ils la suivaient. Elle se mit à courir, mais en atteignant l'avenue elle se demanda dans quelle direction elle devait aller. Elle savait qu'elle ne pourrait pas les distancer en descendant Manhattan, elle songeait à partir dans l'autre direction, là où la ville prenait fin. Elle décida d'aller droit devant, espérant pouvoir se faufiler dans une rue entre deux immeubles pour se cacher ensuite dans une ruelle ou une cour intérieure. Mais ici, tous les immeubles étaient hélas collés les uns aux autres, elle n'avait aucun moyen d'échapper à ses poursuivants. Elle les apercevait à distance, ils ne couraient pas, mais marchaient d'un pas alerte dans sa direction. Elle continua donc à remonter l'avenue à grandes enjambées, ce n'est pas facile de courir dans la neige avec une semelle qui pendouille sous sa bottine. Lorsqu'elle arriva enfin à l'angle d'une rue, hors d'haleine, elle aperçut un escalier conduisant au sous-sol d'un des bâtiments et comprit qu'elle pourrait se cacher dans ce recoin. Elle descendit les marches, s'accroupit en se blottissant contre le mur, désormais invisible aux passants. Son cœur battait la chamade, elle grimaça et se mit à sangloter tout bas en les entendant approcher. Ils conversaient à voix basse, la neige craquait sous leurs chaussures. Puis ce fut le silence. Ils s'étaient arrêtés. Évidemment, ils l'avaient vue descendre vers ce sous-sol. Mais ils répugnaient à aller la chercher. Ils voulaient la forcer à sortir de sa cachette.

Sigurlina avait déjà vécu bien des choses dans les rues de cette ville. L'accablement, la misère, le désespoir absolu. Mais cette expérience-là était tout à fait nouvelle. Non seulement elle n'avait plus rien, mais par-dessus le marché elle se retrouvait acculée, incapable de faire le moindre geste, paralysée par la perspective d'une honte dont elle était certaine à cet instant que personne ne pourrait jamais la surpasser. Elle fixait la porte d'un noir brillant à côté de laquelle saillait une fenêtre en encorbellement. Une vieille cuisinière était à son fourneau et une jeune servante préparait quelque chose sur la grande table au centre de la cuisine. Une jeune femme joliment apprêtée et portant un enfant venait d'arriver dans la pièce. Toutes trois discutaient – sans doute des préparatifs de Noël. Si seulement Sigurlina avait pu entrer dans cette maison. Elle ne serait pas restée les bras ballants, elle aurait récuré toutes ces grosses marmites, fait cuire tous ces fruits de mer, ouvert toutes ces huîtres, débité le poisson en filets, plumé les cailles, coupé la citrouille, les navets, le chou, les carottes, épluché les pommes de terre, trié les pois et les groseilles, cassé et battu les œufs, fait fondre le beurre. Farci l'oie avec toutes ces pommes rouges. La première pomme. Le premier morceau. Dieu qu'il était bon, ce premier morceau. Pourquoi son frère l'avait-il accusée d'avoir mordu dans sa pomme ? Et pourquoi sa mère lui avait-elle adressé ce regard accusateur quand elle avait nié être la coupable ? Elle avait pris ses mains dans les siennes en lui disant qu'elle la croirait si elle promettait de lui dire la vérité.

La vérité ? Quelle idée de génie ! Sigurlina leva prudemment les yeux sur les briques derrière elle. Les deux hommes qui l'assaillaient pouvaient également être ses alliés : l'un d'eux était son compatriote et l'autre connaissait son père. L'occasion d'appeler à l'aide, de tout expliquer et de trouver un moyen de quitter cette ville terrifiante se présentait enfin. Tout à coup elle se sentit soulagée, comme subitement délivrée du poids d'une gigantesque armure, si bien qu'elle perdit presque l'équilibre. Elle se releva puis, les larmes aux yeux, avança d'un pas hésitant vers les marches. Remontant vers la surface de la terre. C'était une libération d'arriver sur le trottoir, ses forces et son énergie semblaient revenir à la perspective de retrouver son ancienne vie.

Elle toussota, redressa les épaules et s'efforça de marcher tête haute. Les deux hommes lui tournaient le dos. Elle leur souhaita bonsoir. Qu'il était bon d'entendre le son de sa langue maternelle dans le froid et la nuit, de sentir qu'elle était elle-même pour la première fois depuis bien longtemps. Elle s'approcha, répéta son bonsoir, un peu plus fort. Ce n'est qu'à ce moment-là que les deux hommes remarquèrent sa présence. Ils se retournèrent, se découvrirent : *Young lady ?* Jeune femme ? Sigurlina recula d'un pas, baissa les yeux et, l'instant d'après, se précipita vers l'autre côté de la rue. Où son chemin était tout tracé.

Avait-elle donc perdu la tête ? Comment avait-elle pu imaginer une chose pareille ? Finnsson et son ami venant en Amérique au plus fort de l'hiver, entrant dans un musée pour écouter une conférence, contemplant une antiquité volée – et se lançant à la poursuite de l'auteur du forfait ? Elle n'était pas vraiment sûre d'être soulagée, elle aurait préféré qu'on l'emmène ailleurs. Elle aurait voulu être une voleuse – pour ne pas retourner chez Rubinov, ce sale bonhomme qui l'attendait dans sa pénombre puante. Taciturne, lointain, mais constamment aux aguets, si bien qu'elle ne savait jamais à quoi s'attendre dès que la nuit tombait.

VI

Réception à Reykjavik. Mars 1897
Vers la fin de la réunion

“J’ai reçu une lettre d’Angleterre. Par un navire marchand arrivé en Islande avant-hier.” Le Gouverneur se recule légèrement dans son fauteuil comme pour signifier qu’il n’est pas près de se lever et qu’il en vient enfin au cœur de l’affaire, à la véritable raison pour laquelle il a organisé cette soirée. Il mentionne le nom du Dr. Finnsson, ses invités répondent en hochant la tête, témoignant ainsi du respect qu’ils éprouvent envers l’expéditeur : les voilà disposés à écouter la suite.

Le Gouverneur explique que Finnsson a fait une halte à New York à la fin de l’année, accompagné du Dr. Cook, son assistant anglais, alors qu’ils rentraient de Chicago. À nouveau, les convives hochent la tête, imités de mauvaise grâce par Jon, le jeune Rédacteur. Là-bas, les deux universitaires ont eu vent d’une conférence portant sur la biographie de Gudridur Thorbjarnardottir récemment publiée par Brenda Anderson, dont il a déjà été question. Le sujet suscitant chez eux un intérêt tout naturel, ils ont décidé d’aller à ce colloque organisé par le Metropolitan Museum, qui abrite la plus importante collection d’objets antiques de la ville. À la fin de la conférence, que les deux hommes ont trouvée assez peu étoffée, même si elle défendait l’idée que les Vikings avaient découvert l’Amérique avant Christophe Colomb, il y a eu une annonce qui les a pris complètement au dépourvu. La conférencière a informé le public que le musée envisageait l’acquisition d’un objet ayant appartenu à Gudridur, lequel a ensuite été dévoilé. C’était une boucle en bronze que l’assistance a été invitée à admirer. Finnsson précise dans sa lettre qu'à première vue, l'objet ressemblait à une minuscule boucle de ceinture, mais en y regardant de plus près, il a pensé qu'il s'agissait plutôt d'une broche. Cela dit, c'est avant tout la prétendue origine de cette broche qui a conduit Finnsson et Cook à solliciter une audience auprès de Cesnola, le directeur du musée. Ce dernier les a invités dans son bureau, Finnsson a immédiatement compris que Cesnola n'y connaissait rien, il leur a seulement dit qu'il s'agissait d'un cadeau offert au musée par Brenda Anderson elle-même, et qu'elle l'avait acheté pour la somme de quinze mille dollars. Il avait oublié le nom de la personne qui le lui avait vendu, mais croyait savoir qu'il s'agissait d'une femme d'origine islandaise, une connaissance du défunt Franz Hoffmann. Cesnola n'était pas en mesure de leur en dire plus et son attitude suggérait clairement qu'il n'avait ni le temps ni l'envie de discuter avec les deux hommes. Ils le remercièrent et saluèrent après lui avoir fait part de leurs doutes sur l'origine de la broche, mais le directeur les rappela pour leur dire que la femme en question s'appelait Branson. Cela lui revenait tout à coup. Peut-être Selena. Il n'était pas sûr du prénom.

Selena Branson? Cette information n'avait pas contribué à dissiper les soupçons de Finnsson, il y avait décidément anguille sous roche, peut-être avait-il tout bonnement démasqué une tentative de falsification de l'histoire. Ce n'est qu'à son retour en Angleterre qu'il s'est remémoré un autre objet, une broche en forme de langue qu'il avait vue au musée des Antiquités de Reykjavik, l'automne précédent. Et s'il écrit au Gouverneur, c'est avant tout pour lui demander d'ouvrir une enquête pour vol.

"Une jeune femme d'origine islandaise. Selena Branson." Le Gouverneur se lève de son fauteuil et s'approche de la fenêtre. Il regarde le vol léger des flocons et la place toute blanche de neige qui apporte un peu de lumière à la nuit. "Eh bien, je vous demande, mes chers amis, s'il ne s'agit pas là de Sigurlina Brandsdottir, la fille de Brandur Jonsson l'Érudit, le copiste de Kot dans le Skagafjördur ?"

Les invités se montrèrent consternés face à l'escroquerie ou sceptiques sur le fait que la petite Lina ait pu connaître Hoffmann, après quoi ils discutèrent de la nature du forfait et du châtiment approprié, s'offusquant à la pensée de la somme faramineuse, pas certains qu'un si petit objet puisse avoir une telle valeur. Brusquement, l'élégant Rédacteur en chef sortit de ses pensées et les somma de cesser ces absurdités. Ils n'avaient aucune preuve de ce qu'ils avançaient. Le mieux était d'aller trouver Brandur avant de prendre la moindre décision. Les convives dévisagèrent le jeune homme, interloqués, puis se consultèrent du regard et hochèrent la tête : bien sûr, la première chose à faire était d'aller interroger Brandur. Et il convenait de trinquer à cette décision. Hélas, les verres étaient vides ! La carafe avait disparu de la table. Il y avait un moment que la servante était partie la remplir et elle n'était toujours pas revenue.

La vitrine est contre le mur, tout près de l'angle qu'il forme avec un autre, peu de visiteurs s'y attardent en dehors de la jeune femme qui vient tous les dimanches admirer le joyau qu'elle abrite, mais également dans l'attente d'une entrevue avec le directeur à qui elle compte se présenter comme la propriétaire de l'objet, espérant ainsi pouvoir récupérer son bien. Plus cette broche reste exposée ici, plus la nouvelle de sa présence au musée est susceptible de se répandre, et plus il y a de risque qu'on découvre le forfait de Sigurlina. Certes, elle était initialement allée voir Cesnola pour lui proposer d'acquérir ce bijou, mais elle l'avait fait contrainte et forcée, pour ainsi dire sur un coup de folie, persuadée de ne pas avoir le choix si elle voulait mettre un terme à son séjour dans le taudis de Rubinov et rentrer en Islande.

Or c'était désormais cette broche qui la maintenait prisonnière : elle comptait rentrer au pays, mais pas sans elle. Après la conférence de Brenda, elle avait parlé avec deux inconnus dans la rue, qu'elle pensait être assis devant elle lors de la conférence, et qui n'étaient autres que Finnsson et son ami anglais. Puis, elle était retournée dans sa tanière tellement désemparée qu'elle n'avait pas fermé l'œil de la nuit. Le lendemain matin, elle avait assemblé des manches dans un état second, bien que régulièrement rappelée à la réalité chaque fois qu'elle pensait à la broche dans la vitrine, à la manière dont elle y avait atterri, et en se demandant combien de temps elle y resterait avant qu'on ne l'accuse de vol. Si elle était effectivement la voleuse qui avait dérobé ce bijou. Était-ce elle-même, Sigurlina, ou peut-être Selena, à moins que ce ne soit son père, ou encore Watson, voire la pickpocket qui lui avait subtilisé son sac – cette chapardeuse de Maggie O'Reilly qu'elle n'avait jamais vue et dont elle ignorait l'identité –, était-ce Brenda Anderson, le Metropolitan, le directeur ? Elle devait voir cet homme au plus vite même si leur entrevue risquait d'être embarrassante. Toute cette absurdité dans laquelle le musée et Brenda s'étaient laissés embarquer avait pour origine un forfait dont Sigurlina s'était indéniablement rendue coupable en écrivant cette lettre, même si ce n'était pas un crime de fabriquer un faux qu'elle n'avait jamais eu l'intention de poster, ce qu'elle n'avait d'ailleurs jamais fait. Était-ce un délit de rédiger un document falsifié si on ne comptait pas le remettre à son destinataire, et si c'en était un, qui était la victime : le défunt Hoffmann, le peuple islandais, l'histoire de l'Islande, et pourquoi pas Gudridur elle-même ? Sigurlina était perdue, mais en imaginant le châtiment qui l'attendait si on la démasquait, l'humiliation que la condamnation serait pour elle, elle se mit à trembler comme une feuille et à haleter de terreur. Il lui semblait qu'une main invisible tirait sur le bas de sa robe, qu'elle s'enfonçait peu à peu dans le parquet crasseux de ce placard qui empestait la sueur : les seules choses auxquelles elle pouvait se raccrocher, c'étaient l'aiguille qu'elle avait prise sur le coussin à épingles et la bobine de fil noir perdue dans le désordre de sa table de travail, fil qu'elle parvenait à grand-peine à enfiler dans le chas de l'aiguille qu'elle piquait ensuite à travers l'épaisse gabardine, dans un sens puis dans l'autre, encore et encore, jusqu'à ce qu'apparaissent enfin le pistil, une couronne de huit pétales, la corolle, la tige, les feuilles, laissant ses mains en sang et son corps épuisé au terme d'un effort aussi violent qu'appliqué. Elle avait oublié comment cette journée s'était achevée, elle avait oublié celle du lendemain, ne gardait aucun souvenir de

Noël, et se rappelait seulement s'être réveillée le deuxième jour de la nouvelle année, lorsque Rubinov lui avait fait un signe de la main avant de quitter la maison pour aller porter les manteaux à Rivington Street, à l'atelier de Barbieri où il avait déposé l'épaisse pile sur la table du boutonnier, qui avait abandonné avec nonchalance son café du matin pour se mettre au travail. Après le départ de Rubinov, il fit une pause dans son travail pour examiner quelque chose d'étrange sous l'une des manches. Stupéfait, il appela le fourreur qui haussa les épaules en appelant l'ourleuse qui appela le presseur qui saisit la manche, scruta le tissu et regarda ses collègues en murmurant qu'il fallait prévenir M. Barbieri, lequel arriva aussitôt comme s'il avait perçu l'émoi silencieux qui agitait ses employés. Le tailleur italien examina les points dessinant une petite fleur noir de jais, une dryade à huit pétales, brodée sur le tissu grossier à l'aide d'un fil extrêmement fin et avec un tel sens artistique qu'on avait du mal à croire que le motif avait été réalisé par une main humaine. Il hocha la tête, prit le manteau et quitta l'atelier.

En fin d'après-midi, après de longues discussions avec son patron russe, Sigurlina devint la cinquième couturière de l'atelier de Mme Barbieri, la sœur du tailleur, modiste à l'angle de la 5e avenue et de la 27e rue. Cet homme élégant et sympathique avait accompagné la jeune Islandaise jusque chez sa sœur à qui il avait dit qu'il accomplissait son devoir de grand frère en apportant une solution provisoire à son problème. Agissant sans trop réfléchir, il avait vaguement promis à Sigurlina qu'elle serait logée, sans savoir si sa sœur pourrait l'accueillir, cette dernière était d'ailleurs restée interloquée lorsqu'il lui avait présenté sa nouvelle employée. Non que l'Islandaise portât les stigmates de son ancien logis, mais parce qu'elle n'avait à la main qu'un petit sac en toile blanc contenant tout ce qu'elle possédait. Le tailleur jura à sa sœur qu'il lui amenait là une brodeuse et une couturière d'exception. On décida finalement que Sigurlina occuperait une petite mansarde chez la modiste.

D'ailleurs, il valait mieux : on finissait de travailler extrêmement tard dans cette maison, parfois même après minuit. La plupart du temps en silence. Personne n'interrogea la jeune femme sur son identité, les conversations concernaient le plus souvent des problèmes complexes exigeant d'être résolus rapidement. Tout cela était mille fois préférable aux gestes répétitifs qu'elle avait exécutés dans le froid, la crasse et l'humidité. Et il lui était plus facile d'oublier le destin qui l'attendait immanquablement dans la douce chaleur d'un atelier propre à broder des fleurs sur la soie, coudre sur du velours des perles et des pierres précieuses ou ornant des cols de broderies. Même si elle ne posait aucune question, Sigurlina ne tarda pas à soupçonner qu'un grand événement se préparait, qui expliquait l'étrange silence régnant dans l'atelier. Les vêtements confectionnés étaient en réalité des costumes. Puis, lorsque les journaux annoncèrent le bal le plus grandiose et le plus somptueux de l'histoire, les couturières elles-mêmes et les artisans se mirent à discuter de la grande aventure à laquelle tous participaient.

On parlait de douze cents invités, principalement originaires de New York, mais également d'autres grandes villes voisines. Cette fête n'avait rien d'un bal masqué à l'ancienne où, le visage caché sous leurs masques scintillants, se retrouveraient de mystérieux participants à la vie dissolue. Non, il s'agissait d'une réunion formelle, visant à ressusciter une époque révolue de l'histoire : les invités avaient ordre de venir déguisés en rois et en nobles des siècles passés, ce qui limitait considérablement leur choix. Le principal était de respecter la vérité historique plus que de chercher l'originalité ou la magnificence. En d'autres termes, il ne suffisait pas de venir paré de pierres précieuses et de soieries, les riches se targuaient désormais de pouvoir afficher leur fortune sous la forme de vêtements et de bijoux qui étaient d'authentiques trésors historiques. La tâche leur était encore compliquée par un détail d'importance : les généreux hôtes, Cornelia Bradley Martin et son époux, avaient envoyé les invitations très peu de temps avant l'événement. Ils avaient agi sciemment : les participants seraient ainsi dans l'impossibilité de commander leurs costumes à Paris – on optait généralement pour cette solution – et le bal permettrait d'aider au redressement de l'économie du pays qui ne s'était pas encore entièrement relevé de la crise financière de 1893. Indubitablement, cette initiative que les pasteurs et autres personnages influents avaient qualifiée de comédie immorale et de concours de mégalomanie en des temps difficiles avait redressé les finances et la situation de Sigurlina qui gagnait désormais le triple du salaire qu'elle percevait chez Rubinov. Enfin, elle pouvait espérer rentrer en Islande au printemps.

Hélas, la broche changeait considérablement la donne. Sigurlina cousit du matin au soir presque tout un mois durant, puis la quantité de travail diminua : la date du grand bal, le 10 février, approchait. Le dernier costume, une imposante robe de soie destinée à une Mme de Pompadour, quitta l'atelier de Barbieri le samedi 6 février au soir. Sigurlina alla se coucher dans sa petite mansarde sans savoir ce que lui réservait le lendemain hormis le fait qu'elle se rendrait une fois encore au musée. Une fois encore, elle solliciterait un entretien avec le directeur.

Ces expéditions étaient source d'angoisse. Ne risquait-elle pas, en se présentant comme la propriétaire de la boucle, d'attirer l'attention sur son larcin et de dévoiler que la lettre d'Hoffmann à Brenda était un faux ? Au fil du temps, elle avait toutefois compris que seuls ceux qui avaient les connaissances adéquates concernant la fibule pouvaient la soupçonner. Cela ne risquait pas d'arriver tant que nul ne mettait en doute la provenance de l'objet et son histoire. Or il était probable que personne au musée ne possédait les connaissances nécessaires. Elle n'aurait donc pas besoin de se disculper ni face à la direction de l'établissement ni face à Brenda. Il importait avant tout de récupérer le bijou au plus vite, avant que la nouvelle de sa présence dans les collections ne se répande parmi les experts, peut-être même jusqu'en Islande. Pour l'instant, elle devait juste convaincre Cesnola qu'elle était la véritable propriétaire. Et si l'objet avait atterri dans les mains de Brenda en même temps que sa petite besace, ce serait un jeu d'enfant de le récupérer, pensait-elle, en marchant sur le trottoir verglacé qui menait au musée. Évidemment sans sac.

Hélas, tout se déroula comme lors de ses précédentes visites. Sa requête fut rejetée. Le directeur était absent. Peut-être qu'elle pouvait l'attendre ? suggéra-t-elle. Voyant que l'employé de l'accueil ne lui répondait pas, elle décida d'aller dans les salles d'exposition pour réfléchir. Elle ne voulait pas repartir bredouille cette fois aussi. Il lui vint à l'idée d'écrire au directeur un message qu'elle laisserait à l'accueil. Elle s'installa sur un banc dans une petite salle adjacente, le regard résolu, et réfléchit à la suite, ce qui la conduisit, comme toujours, directement devant la petite vitrine horizontale qu'elle effleura des yeux. L'objet qui s'y trouvait était son ancrage, le fait qu'il soit exposé dans cet écrin prouvait que les événements des dernières semaines n'étaient pas sortis de son imagination. Mais, enfermé là, il représentait également une menace, une bombe à retardement dont l'explosion la mettrait dans une affreuse situation en la déshonorant à jamais.

Sigurlina caressa la fine plaque de verre, appuya dessus et la sentit bouger. Puis elle inséra son petit doigt dans la serrure, murmura un juron, inspecta les alentours, ferma le poing et les paupières. Quand elle rouvrit les yeux, sa tension se relâcha machinalement. Elle se pencha légèrement en avant et approcha son visage de la vitre. Par le diable en personne! Elle se redressa, recula d'un pas, resta pétrifiée quelques instants, puis se précipita hors de la pièce. Désespérée, elle courut de salle en salle en hurlant en silence qu'il fallait qu'on appelle un gardien. Mais pourquoi faire? Signaler un vol? N'était-il pas probable que le musée ait simplement renoncé à exposer cette fibule sachant qu'elle n'avait pas sa place parmi les antiquités qui se trouvaient dans cette salle? Cela signifiait-il qu'elle était sauvée? Elle se posta devant une grande vitrine. Une expression horrifiée gagna son visage quand elle découvrit à l'intérieur un chat en calcaire trouvé à Chypre qui fronçait les yeux en lui tirant la langue! Et si la fibule avait été retirée parce que le musée jugeait son origine douteuse, voire usurpée? Dans ce cas, sa situation ne pouvait pas être pire. Ne valait-il pas mieux se faire discrète?

Elle rentra en boitillant et dut se concentrer pour ne pas tomber: son esprit n'arrivait plus à gérer la situation absurde dans laquelle, une fois encore, elle se retrouvait. En arrivant chez Barbieri, une servante l'informa que la patronne voulait la voir immédiatement dans l'atelier. Sigurlina ôta son chapeau, frappa à la porte avant de la pousser. Le soleil de midi éclairait la grande pièce, ses rayons caressaient le tissu bleu saphir qui recouvrait la table de coupe. La coupeuse, une femme d'âge mûr, disposait des pièces de carton brun sur l'étoffe sous le regard attentif de sa patronne. Cette dernière hocha vigoureusement la tête puis leva les bras au ciel en voyant Sigurlina. Mme Barbieri la regarda droit dans les yeux et se mit à parler à toute vitesse, dispensant des ordres précis avec force mouvements de mains, comme à son habitude. Ils n'en avaient pas terminé. Une grande réalisation les attendait. Dès que le bas de la robe serait prêt – la grande couturière italienne pointa l'index sur l'étoffe réchauffée par le soleil que la coupeuse était occupée à tailler –, il faudrait la broder. Elle tendit à Sigurlina un modèle représentant une petite fleur aux contours librement dessinés, puis fit glisser sa main sur le tissu saphir. Quatre mètres, précisa-t-elle en montrant le même nombre de doigts. Puis elle en montra trois autres : c'était le nombre de jours qui leur restaient avant la livraison.

Elle ne lui communiqua en revanche aucune précision sur la manière dont les fleurs devaient être brodées sur la robe, ni sur le point à utiliser. Sigurlina supposa qu'elle devait opter pour le point fendu. L'étoffe de laine, bien que lourde, était si finement tissée qu'elle scintillait à la lumière de la lampe installée près de sa chaise – et si incroyablement douce au toucher qu'elle avait l'impression de caresser un petit veau tandis qu'elle passait sa main à la surface tout en réfléchissant à l'exécution du motif. Huit pétales, une tige et trois feuilles en fil doré. Voilà tout. Elle devait simplement se débrouiller pour relier les fleurs de manière à ce qu'elles forment une frise sur le tissu.

Le mardi soir, Sigurlina avait terminé trois mètres, il lui restait donc dix fleurs à broder. Elle passa toute la nuit à travailler. Puis on assembla la robe en fronçant la jupe. Le vêtement simple, mais sublime d'une princesse médiévale, commenta Mme Barbieri à la vue du résultat. Il fallait maintenant livrer cette commande. La patronne avait pour habitude de s'en charger seule, mais cette fois-ci elle demanda à Sigurlina de l'accompagner malgré son épuisement.

Le fiacre s'arrêta devant un magnifique bâtiment de taille toutefois raisonnable sur la 5e avenue. Un majordome âgé vint accueillir les deux femmes qui s'y mirent à deux pour porter le costume dans la maison. La demeure ressemblait à celle d'Hoffmann, un grand et magnifique hall d'entrée d'où partait un escalier en pierre qui conduisait à l'étage, et qu'elles empruntèrent en emboîtant le pas au serviteur. Lorsqu'elles atteignirent le palier, une jeune femme apparut, comme sortie d'un des murs, et ouvrit une double porte donnant sur une grande salle sombre d'où émanaient des senteurs lourdes et exotiques, mais douces et agréables : la pièce débordait de meubles imposants et foncés, parmi lesquels un lit à baldaquin sculpté et un paravent peint à la main. L'occupante du boudoir souhaita la bienvenue à ses hôtes, serra Mme Barbieri dans ses bras, et ses deux femmes de chambre déposèrent la robe en laine sur la méridienne rouge capitonnée qui trônait au centre de la pièce. La cliente fit part de son admiration en portant ses deux mains à sa bouche, puis se débarrassa de son déshabillé de soie claire et enfila le costume de bal, aidée par la plus âgée de ses femmes de chambre. Mme Barbieri se chargea d'ajuster la robe et de la lisser, à la fois pour vérifier que tout allait bien et souligner qu'elle épousait à la perfection le corps de sa propriétaire. Puis elle attrapa le bas du vêtement et le lui tendit pour qu'elle puisse admirer les fleurs dorées. C'est sublime, commenta la cliente. Mme Barbieri pointa alors son index sur Sigurlina qui se tenait, tel un spectre, au centre du boudoir. Elles échangèrent alors un regard.

Enfin, quoi ?! La jeune Islandaise était-elle trop épuisée pour reconnaître une femme qu'elle avait seulement vue de loin dans des circonstances étranges et inattendues ? En tout cas, elle n'avait pas assez dormi la nuit précédente pour faire les rapprochements qui s'imposaient : Brenda Anderson et un costume de princesse médiévale. Il y avait à peine assez de place dans sa tête pour se dire que, sans doute, les belles femmes de la haute société qu'on voyait aller dans les rues en ville se ressemblaient toutes. De plus, la cliente parlait d'une voix tout à fait différente de celle qui avait résonné, forte et presque agressive, dans la salle du Metropolitan il y avait maintenant plus de deux semaines. Aujourd'hui, cette voix qui demandait à la femme de chambre de lui "apporter le bijou" était douce et presque ensorcelante. Ce qui n'empêcha pas la servante d'obéir immédiatement, les mains chargées d'un petit coussin noir qu'elle tenait à la manière d'un plateau sur lequel reposait une lanière de cuir que les deux camérières entreprirent aussitôt de ceindre autour de la taille de guêpe de leur patronne. Elles la nouèrent en une boucle qui ressemblait à un nœud de marine, laissant retomber une des extrémités de la lanière sur le bas de la robe que la cliente faisait virevolter tandis qu'elle s'avançait vers la grande psyché installée dans un coin de la pièce. Les deux servantes reculèrent et Sigurlina, bien que n'étant plus que l'ombre d'elle-même, se réveilla tout à coup et s'approcha de la princesse vêtue de bleu qui apostrophait son reflet dans le miroir avec le rire étouffé du vainqueur. Sans doute plongée dans un autre monde, elle ne remarqua pas qu'au côté de son reflet, Sigurlina venait d'apparaître, comme hypnotisée, le regard rivé sur le petit objet en bronze fixé sur la lanière.

Gudrid

Au début, Brenda Anderson était fermement résolue à ne pas honorer l'invitation des Bradley Martin. Elle avait en effet développé une forme de mépris envers les soirées données par la haute société qui n'en avait que pour l'apparence. Le bal organisé par Ava Vanderbilt en 1883 avait donné le ton de ce type de réjouissances et était resté gravé dans les mémoires : on avait pu y admirer une robe tout éclairée d'ampoules électriques et une jeune femme portant un chat empaillé en guise de chapeau. Aujourd'hui, les organisateurs avaient instauré des limites à l'imagination, et les préconisations du carton d'invitation n'avaient pas manqué d'agacer Brenda. L'initiative était ridicule. Même si le but officiel de ce bal était la distraction, il s'agissait en réalité d'une tentative grotesque de la haute société pour dissimuler son manque d'élégance et de bonnes manières, c'était là une façon de se parer de la qualité qu'elle désirait le plus au monde et que l'argent ne pouvait acheter : du sang bleu coulant dans ses veines. Tout cela engendrerait fatalement un déploiement de fanfreluches outrancières et une ostentation du plus mauvais goût dans une société où les richesses étaient de plus en plus mal réparties.

Perdue dans ces considérations d'ordre moral, Brenda avait subitement eu une idée. Au lieu de dénigrer le projet de ces âmes dénuées de tout sens de l'Histoire, elle protesterait contre cette glorification de la noblesse en se rendant à la fête et en ignorant les instructions, elle manifesterait son désaccord en se parant d'un costume sans prétention appartenant à un pan de l'histoire du pays négligé par le plus grand nombre. Elle irait déguisée en Gudridur Thorbjarnardottir, la grande exploratrice. Évidemment, cette idée visait en partie à promouvoir sa propre passion et, en réalité, Brenda était allée bien plus loin que ses pairs dans sa vanité historique : personne n'avait fait retirer d'une vitrine du Metropolitan un objet lui appartenant pour attirer l'attention sur son costume et le personnage qu'il représentait. En outre, sa subite lubie avait conduit la pauvre Sigurlina, une des misérables de cette ville envers lesquels Brenda considérait éprouver une grande compassion, à se piquer les mains au sang pour que son rêve puisse devenir réalité.

Le bal eut lieu à l'hôtel Waldorf, à l'angle de la 5e avenue et de la 33e rue. Il gelait à pierre fendre, la chaussée était verglacée. Une foule de quidams s'était attroupée devant l'établissement. Un cordon de protection constitué de trois cents policiers la tenait à distance de l'entrée devant laquelle des serveurs en perruques poudrées déroulaient un tapis carmin sur toute la longueur du trottoir. Bientôt la rue fut remplie de calèches, avec leur cortège d'embouteillages. Mais au lieu de huer les nantis, comme on s'y attendait, la foule se mit à acclamer les invités aussi étrangement que magnifiquement apprêtés : têtes couronnées et personnages illustres des siècles passés. Il y avait là environ huit exemplaires d'Henry VIII, dix Mme de Pompadour, sept Mme de Maintenon, trois Catherine la Grande et une centaine de Louis XIV. On y voyait aussi Napoléon et Joséphine, Jeanne d'Arc, des magistrats anglais, des nobles de la cour de Versailles et des figures de la Révolution française, des ambassadeurs hollandais copiés sur Rembrandt, l'infante Marguerite du tableau de Vélasquez, George Washington, le comte de Monte Cristo, Isabelle la Catholique. Et pas le moindre Christophe Colomb ?

Des amateurs et des rustauds, pensa Brenda en regardant les amphitryons, Louis XV et Marie Stuart, reine d'Écosse, affublée du collier en diamant de Marie-Antoinette, accueillir l'élite new-yorkaise dans la salle des glaces au sol rutilant pour exécuter une danse de cour du XVe siècle au son de Beethoven ! Ainsi débuta un bal de trois heures auquel Brenda prit activement part, encouragée par l'intérêt que suscitait sa tenue d'une simplicité sublime parmi les invités dont beaucoup étaient tellement cuirassés de bijoux et de décorations qu'ils avaient du mal à bouger. En revanche, personne n'était capable de dire en quoi elle était déguisée, certains supposaient que c'était en princesse médiévale et bien peu avaient eu vent du livre qu'elle venait de publier. Cela ne l'empêcha pas d'informer inlassablement sa kyrielle de cavaliers sur le personnage historique qu'elle représentait, avec plus ou moins d'intérêt en retour, même si la plupart étaient impressionnés par l'âge de la boucle de sa ceinture.

Puis arriva le revers. Aux alentours de minuit, alors que le dîner allait commencer, Brenda découvrit qu'elle n'était pas la seule rebelle présente à bord de ce navire en perdition. Et ces frondeurs étaient beaucoup plus radicaux. Contournant allègrement les instructions des organisateurs, ce qui lui avait valu l'intérêt et l'admiration d'un grand nombre d'invités, Richard Welling, l'avocat réformateur, était déguisé en chef indien, vêtu d'un costume réalisé sur les conseils des plus grands experts. Sa complice, Mlle Anne Morgan, fille de J.P. Morgan, lui-même absent, n'avait pas suscité moins de curiosité pour son originalité et sa tenue très convaincante, déguisée en Pocahontas. Le message, limpide pour tout le monde, renvoyait à un passé diamétralement opposé à celui qui était à l'origine de la fête. Et il va de soi que, par comparaison, une simple robe en laine et une antiquité islandaise ne faisaient pas le poids. Elles apparaissaient presque comme des intruses dans ce règlement de comptes historique.

Tellement petite, et affublée d'un si grand chapeau miteux

Brenda ne savait plus à quelle heure elle avait quitté l'hôtel. À la fin du banquet solennel de vingt-huit plats qui avait débuté à minuit, elle commençait à se sentir fatiguée. Ne trouvant pas son fiacre, elle n'avait pas vraiment eu d'autre choix que d'accepter qu'un vieil ami de la famille, un Henry VIII en armure, la dépose chez elle. Le trajet n'était pas très long, mais lorsque la voiture s'était arrêtée devant sa demeure, elle avait compris que le roi d'Angleterre, ce coureur de jupons, nourrissait des projets irréalistes sur la conclusion de la soirée. Il avait fait preuve d'une sollicitude des plus embarrassantes et ce, avec une telle insistance, que Brenda avait dû se débattre pour s'extirper du fiacre. Par agacement plus que par colère, elle avait repoussé son majordome en entrant chez elle, s'était précipitée dans le salon puis jetée sur le canapé où elle avait sombré dans le sommeil de mauvaise humeur.

Alors qu'elle dormait depuis à peine une heure, quelqu'un ouvrit la porte de la pièce avant de la refermer aussitôt, mais cela suffit à la réveiller. Allongée dans le noir, la tête pleine d'images du bal de la veille, elle ressentait un vide étrange au fond du cœur. Elle se redressa sur le canapé et, sur le point de se lever, revit le rustaud cuirassé attrapant sa robe pour l'attirer à lui quand ils étaient assis dans son fiacre. Elle comprit ce que les tentatives pataudes de cet homme lui avaient coûté : la boucle de la ceinture !

Brenda s'était mise à quatre pattes, elle explora toute la pièce en rampant, regardant sous le canapé, sous les tables et les guéridons. Puis elle gagna le couloir et demanda à son majordome de sortir pour se mettre en quête du précieux objet. Il faisait nuit, tout était enfoui sous la neige et le vent s'était mis à souffler, ce qui ne facilitait pas la tâche du pauvre homme, en tenue de travail et qui plus est à demi aveugle. Deux servantes se joignirent à lui pour fouiller la neige à mains nues, sans le moindre résultat. Peut-être la boucle s'était-elle détachée de la lanière en cuir dans le fiacre. Il faudrait attendre que le jour se lève pour continuer à la chercher. Brenda dit à ses domestiques de rentrer se mettre au chaud et s'accorda un peu de repos.

Elle dormait encore à poings fermés quand Sigurlina se leva après une nuit agitée. Sa visite chez Mlle Anderson avec Mme Barbieri et cette lanière de cuir ceignant la robe avaient une nouvelle fois modifié sa situation et ses projets. Elle savait pourquoi la broche avait disparu du musée : et, maintenant, elle avait l'occasion d'aller la réclamer. Elle devait le faire au plus vite. Lorsqu'elle était rentrée avec la modiste, cette dernière lui avait annoncé qu'elle ne pourrait sans doute pas continuer à l'employer : le bal masqué des Bradley Martin était un événement exceptionnel, mais les gens ordinaires demandaient de moins en moins à faire broder leurs vêtements, ce genre de travail était désormais la plupart du temps effectué par des machines. Les robes et costumes sur mesure étaient de moins en moins prisés. Barbieri lui avait tendu son salaire, Sigurlina s'était réjouie : la somme suffirait amplement à payer son retour en Islande.

Maudite fibule ! C'était à croire qu'une puissance supérieure s'amusait à la déplacer ici et là, à la faire disparaître et apparaître pour mettre Sigurlina à l'épreuve. La nuit lui avait toutefois porté conseil : elle devait la récupérer et aller voir Brenda maintenant qu'elle savait où la trouver.

Les rues n'ayant pas encore été déneigées en ce mercredi matin, ce n'était pas très facile de se déplacer. Cela n'empêchait pas Sigurlina d'avancer à grandes enjambées : "Je m'appelle Selena, je suis islandaise, je viens vous voir à propos d'un objet que j'ai égaré et je crois que vous l'avez retrouvé, il faudrait que je puisse le récupérer au plus vite, je vais bientôt rentrer en Islande. Je suis également enchantée d'avoir enfin l'occasion de faire votre connaissance, oui, Hoffmann, quelle tragédie, le pauvre homme, non, évidemment, on ne peut avoir aucune certitude, mais cette boucle a été découverte pendant une campagne de fouilles menée à proximité de la ferme où Gudridur a passé les dernières années de sa vie, c'est donc simplement une déduction personnelle, oui, c'est un objet qu'on m'a donné il y a des années, non, en fait, pour être honnête, il ne m'appartient que depuis peu, je ne m'en suis jamais séparée et j'ai désormais décidé d'en faire donation à notre musée à Reykjavik de manière à ce que ma pauvre nation puisse montrer à nos hôtes étrangers que, comme les autres pays, le nôtre possède d'antiques joyaux, cent dollars, c'est une offre intéressante, mais je ne peux pas le vendre, voyez-vous, il appartient légitimement au peuple islandais, il a besoin de lui."

Arrivée à destination, le petit palais de Brenda Anderson lui apparut, comme surgi des congères. Elle s'arrêta sur le trottoir et répéta une dernière fois le couplet qu'elle avait préparé et qui lui permettait de se laver définitivement de tout soupçon. Elle frappa à la porte, ignorante des us et coutumes qui régissaient les visites qu'on rendait aux dames dans ce quartier huppé. La réponse du majordome fut inflexible, madame était occupée, il n'était pas encore midi. Sigurlina n'avait pas l'intention de rentrer bredouille de son expédition, elle insista jusqu'à ce que le majordome referme la porte en la priant de patienter.

Brenda était alors réveillée. Assise dans son lit, elle lisait les journaux en s'attardant sur la rubrique mondaine qui relatait avec un certain mépris le bal de la veille, et développait longuement l'intérêt mérité qu'avaient suscité les deux personnes venues déguisées en Indiens d'Amérique. Il y était également question d'elle, la préférée des médisants, la riche demoiselle qui était venue sans cavalier, déguisée en Gudrid, exploratrice islandaise et première femme à mettre au monde un enfant blanc sur le Nouveau Continent. Elle eut un coup au cœur en lisant la suite. Contrairement aux autres invités vêtus de soieries et couverts de pierres précieuses chargées d'histoire, Brenda avait opté pour une simple robe en laine toutefois rehaussée d'un ornement tout à fait remarquable, une boucle de ceinture datant de mille ans qui avait jadis appartenu à Gudrid. Cela correspondait à peu près à ce qu'elle avait elle-même déclaré pendant la soirée, et même si elle avait tenu à se démarquer et à attirer l'attention sur son personnage, elle n'était pas certaine d'apprécier que ses propos soient repris par la presse. Et encore moins maintenant qu'elle avait sans doute perdu ce trésor ! Elle jeta le journal et s'apprêta à appeler ses domestiques pour leur demander de contacter le domicile d'Henry VIII tout en continuant à fouiller la neige devant la maison. Sur ces entrefaites, sa femme de chambre arriva et l'informa qu'une Islandaise attendait sur le pas de la porte et demandait instamment à lui parler. Brenda pria sa servante de la laisser quelques instants. Une Islandaise ? La propriétaire du sac où elle avait remarqué une petite fleur ? L'assistante d'Hoffmann ? Selena Branson ? Cette femme qu'elle avait tenté de retrouver en remuant ciel et terre ? Venue jusqu'ici pour récupérer son bien ?

Elle s'avança vers la grande baie vitrée, entrouvrit les épais rideaux, passa son visage à travers et l'appuya prudemment sur le voilage blanc. Neige. Grand soleil. Selena. Tellement petite, et affublée d'un si grand chapeau miteux, piétinant devant la porte que les cantonniers venaient de déneiger. Pauvrement vêtue. Sans sac. Sans rien. Brenda tenait à lui ouvrir grand ses bras chaleureux : “Je suis tellement heureuse de vous accueillir chez moi, de recevoir une personne originaire d'Islande, l'occasion m'est enfin offerte d'y voir un peu plus clair, d'en apprendre plus sur l'objet qui m'a été remis par la police, naturellement la seule piste dont elle disposait c'étaient mon nom et mon adresse, et comme je n'ai pas réussi à vous retrouver, j'ai espéré attirer votre attention par le biais de la conférence que j'ai donnée au Metropolitan pour présenter mon livre sur Gudrid, la supposée propriétaire de cette boucle de ceinture, c'est bien cela ? Il va de soi que je veux tout savoir de l'histoire de ce bijou et l'acheter au plus vite pour la somme de mille dollars, de manière à pouvoir en faire donation au musée qui sera bientôt l'un des plus grands du monde, et où l'histoire de votre pays sera soigneusement conservée, où elle aura sa place aux côtés du patrimoine culturel classique. La place qui lui revient.”

La femme de chambre ferma le dernier bouton du col de sa patronne tandis que Brenda s'occupait de relever ses cheveux en un chignon bohème. Elle descendit l'escalier et fit signe à son majordome de laisser entrer la jeune Islandaise. Contrairement à son habitude, elle n'alla pas l'attendre au salon, mais resta dans le hall pour lui souhaiter la bienvenue. Mais quand la porte s'ouvrit, il n'y avait plus personne dehors. Sigurlina était sur le trottoir et s'avançait lentement vers la chaussée, le pas hésitant. Elle tourna la tête. Le visage spectral, le regard désespéré, sans qu'on puisse déterminer si elle était abasourdie ou furieuse, puis tout à coup, elle se précipita dans la rue et détala en direction de l'est.

Le majordome haussa les épaules et regarda d'un air ahuri sa patronne qui aurait voulu rappeler la jeune fille, mais qui, incapable de dire un mot, se contenta elle aussi d'un haussement d'épaules sans afficher aucune émotion. Quand elle se retrouva seule au salon, elle sentit toutefois son cœur s'emballer tandis que le visage de Sigurlina se gravait dans son esprit. Tout cela réveillait le souvenir de la veille, la honte que les journaux s'étaient employés à coucher sur le papier avec un mépris poli. Qu'importait l'énergie qu'elle déployait à se convaincre du contraire, Brenda faisait partie de la haute société : elle était constamment en quête de reconnaissance, armée de sa richesse. Le paraître aux dépens de l'être. Une écervelée qui rêvait de défier l'ordre établi et avait par pure vanité perdu un objet précieux qui ne lui appartenait pas, le seul et unique bien d'une petite Islandaise tout à fait réelle qui portait un chapeau bon marché et miteux. Une femme venue jusqu'à chez elle pour lui asséner ces vérités. Elle ne voyait pas d'autre explication à l'étonnant comportement dont elle venait d'être témoin. Elle ferma les yeux, se recula dans son fauteuil et se laissa glisser, jambes écartées, chaussée de ses pantoufles en soie ornées de fleurs brodées.

Avait-on contacté Henry VIII ? Devait-elle envoyer ses domestiques pour chercher la boucle dans la neige devant chez lui ? Elle se redressa sur son fauteuil, attrapa le petit sac dans le compartiment sous les tiroirs du secrétaire et le serra entre ses mains. Huit pétales blancs, un pistil, et des étamines jaune clair – une dryade à huit pétales. Une petite tige et trois feuilles vertes. Une plante robuste qui se contente de peu, supporte les climats froids et venteux.

Récupérée

Sigurlina marchait trois mètres derrière la charrette. Elle en ignorait la destination. À bout de forces, elle craignait de ne pas réussir à avancer assez vite pour espérer la rattraper. Et elle était trop essoufflée pour crier au cocher de s'arrêter. Elle ne quittait pas des yeux le creux apparu au sommet du tas de neige depuis que le charretier y avait vidé sa dernière pelletée avant de remonter sur son cheval et de s'éloigner de chez Brenda. Il avait jeté sa pelle de toutes ses forces – pour que la neige qu'elle contenait atterrisse au sommet du monticule – et en poussant un gémissement qui avait fait se retourner Sigurlina. C'est alors qu'elle avait vu un objet s'élever dans les airs. Une vision invraisemblable, on aurait dit un mirage, pourtant elle était aussitôt descendue sur le trottoir. La porte de la demeure s'était ouverte au même instant. Sigurlina avait brièvement tourné la tête, aperçu Brenda et son majordome dans l'embrasure, craignant de perdre de vue ce qui s'était envolé au-dessus de la charrette, même s'il était improbable que ce soit bien l'objet auquel elle pensait. Il avait atterri sur le tas de neige puis s'y était enfoncé en laissant à la surface ce creux qu'elle distingue encore alors qu'elle marche, hors d'haleine, derrière le véhicule, pensant qu'elle poursuit une illusion, que c'est son destin de courir derrière les chimères, de fuir constamment, de caresser des rêves imprécis, de s'évertuer à trouver sa place et de prendre la parole pour se faire entendre.

Installés dans le salon rue Adalstræti, quelques amis de Jon discutaient de la marche du monde. Sigurlina cousait avec la fillette de la famille et n'avait pu s'empêcher d'écouter leur conversation qui portait principalement sur le progrès. La discussion s'était ensuite orientée sur la culture islandaise et, quand elle était passée devant le salon pour quitter la maison, Jon avait subitement coupé la parole à un de ses amis: “Mais dans ce cas, que deviendra notre pays?” Ne laissant à aucun membre du groupe le temps de réfléchir à cette grande question, Sigurlina s'était tournée vers les garçons: “Il finira par disparaître.”

Il y avait eu un silence bientôt troublé par quelques rires, mais elle avait déjà enfilé son manteau. Elle avait longé Adalstræti en se maudissant de sa bêtise. Elle avait l'impression qu'on la suivait. N'ayant pas l'intention de répondre de sa surprenante intervention, elle avait pressé le pas et s'était engagée dans une ruelle. Mais cela n'avait servi à rien, une main s'était posée sur son épaule. Elle avait fait volte-face. Le jeune homme au regard las, bien qu'attentif et un tantinet solennel, avait de hautes pommettes, le visage large et des cheveux bruns coiffés en arrière. Sigurlina avait oublié son sac. Ils se regardèrent un long moment dans les yeux puis, ne pouvant plus se retenir, la jeune fille s'était mise à glousser. Il avait souri d'un air un peu forcé, mais s'était lui aussi bientôt mis à rire, sa mèche brune retombant sur ses yeux. Ils avaient ri à gorge déployée, puis Jon avait brusquement repris son sérieux, mais en maintenant leur proximité et sans redevenir distant comme il l'était parfois. Il était plus proche d'elle que jamais. Désormais, Sigurlina avait la preuve qu'un instant pouvait se confondre avec l'éternité: elle était encore dans cette ruelle en rentrant chez elle. Elle s'était jetée sur son lit, elle aurait aimé y rester allongée, perdue dans ses rêves, mais au rez-de-chaussée des fleurs attendaient de s'épanouir sur les pans d'une jupe et les revers d'une veste, des histoires antiques d'être une fois encore recopiées. Alors elle s'était levée, elle était descendue et avait travaillé jusque tard dans la nuit. En bonne servante, esclave de la culture islandaise.

Sigurlina est à bout de forces. Elle s'arrête, regarde la charrette qui s'éloigne, se remet lentement en route, envisage de retourner chez Brenda, puis presse subitement le pas lorsqu'elle comprend ce qui va se passer. On va déverser toute cette neige dans les eaux de l'East River ! Voilà qui résoudrait peut-être tous ses problèmes. Non, sans doute que non, alors elle continue, prend ses jambes à son cou, elle court à toute vitesse comme si le destin de tout le peuple islandais reposait sur sa hardiesse et sa témérité. Elle aperçoit le cocher qui ouvre la trappe à l'arrière du véhicule et, quand il le vide, elle constate que la rivière est gelée sous les amas de neige que les charretiers ont déversés dans son lit. Lorsqu'elle atteint la rive, l'homme a fini de se délester de son chargement. Sigurlina se précipite sur la glace. Il lui faudra un moment pour fouiller toute cette neige qui s'est inévitablement mélangée à celle qu'on a déjà déchargée ici, mais la tâche n'est pas impossible. Elle a beau creuser et labourer comme une folle de ses petites mains transies, elle ne trouve rien, elle va et vient, elle s'aventure de plus en plus loin sur la glace.

Elle entendait des cris sur la rive, des appels de plus en plus forts, et voilà qu'elle trébucha. Elle tenta de se relever, mais tomba à nouveau. La glace se fendit, elle se tenait à quatre pattes sur une plaque instable et n'osait plus se risquer au moindre geste. Deux hommes debout sur le rivage semblaient prêts à la secourir, l'un d'eux bondit sur une plaque de glace qui déstabilisa celle de Sigurlina. Elle glissa et chuta dans l'eau glacée.

Le cri rauque qu'elle poussa étouffa les battements affolés de son cœur. Elle fit quelques brasses maladroites puis sombra, emportée sous la glace par le courant. Elle battait des pieds de toutes ses forces, sa tête se cognait à la banquise. Brusquement, une tiédeur l'enveloppa, elle apercevait les rayons du soleil qui entraient dans l'eau. Elle tenta de s'en approcher, mais sentait qu'elle coulait vers le fond. Elle fixait la lumière, quelque chose tombait et semblait se diriger vers elle. Elle essaya de bouger les jambes, elles étaient comme paralysées. L'objet approchait, lorsqu'elle le reconnut, ses forces décuplèrent. Elle leva doucement le bras pour tenter d'attraper la relique qu'elle était venue récupérer. Mais, évidemment, il lui échappait encore et encore. Et, à l'instant où elle crut enfin le saisir, une force gigantesque la tira d'un coup sec vers le haut. Puis ce fut le noir.

VII

Reykjavik, au début de l'été 1897

Il achevait de composer une petite strophe en rimes lorsqu'il reçut la convocation du Gouverneur. Tout de suite ? Le coursier hors d'haleine l'ignorait, mais Jon le Rédacteur préféra se mettre aussitôt en route. L'esprit en permanence hanté par le visage lumineux de cette jeune fille, il regrettait encore ce qui était arrivé l'hiver précédent, il s'en voulait de s'être couvert de ridicule en se prêtant à cette mascarade, cette idée germée dans d'autres têtes que la sienne, et qui, au départ, ne lui avait pas semblé si mauvaise. Hélas, il n'avait pas compris dans quoi il s'était engagé et avait définitivement mis fin à l'arrangement lorsqu'il était apparu que la jeune veuve danoise, la grande et gentille Bodil, venue en Islande pour se remettre de la mort de son époux, n'avait aucune intention de s'installer à Reykjavik. Était-il censé quitter son pays, abandonner le journal et renoncer à l'emploi qu'il convoitait depuis si longtemps ? La situation était délicate, il travaillait plus encore qu'à l'accoutumée, toujours avec passion, même s'il veillait à faire preuve de retenue en toute chose, s'abstenait de prononcer des anathèmes et adoptait une position modérée sur l'affaire de la Constitution nationale. Parce que son engagement politique prenait une autre forme, il militait pour la création d'une université en Islande et soutenait l'idée qu'on érige un bâtiment destiné à abriter les collections nationales de manière à ce que ce patrimoine cesse de végéter, éparpillé çà et là, dans de vulgaires caisses en bois. C'est dans ce sens qu'il était progressiste bien qu'il redoutât les influences étrangères et la convoitise de riches voyageurs venus visiter le pays. Au fond de lui, il se demandait comment faire pour que l'Islande parvienne à sortir de la misère et à s'épanouir en tant que nation indépendante sans financements étrangers au cours du prochain siècle.

L'argent. Il s'engagea dans la rue Austurstræti et se retrouva devant le chantier de l'imposant bâtiment. Dans l'air humide de Reykjavik, des blocs de pierre suspendus à des câbles s'élevaient le long des murs. En contrebas, des ouvriers les taillaient tandis que sur le toit, au sommet des échafaudages, se tenaient des hommes en costume et, presque au bord du vide, on apercevait l'un des personnages les plus puissants d'Islande : le directeur de la banque nationale et ami des animaux qui était tout à la fois armateur, grossiste, conseiller municipal et député. Et qui, de plus, siégeait dans une kyrielle de comités. L'Administration considère un tel cumul de charges comme étant le signe d'un grand courage et de compétences exceptionnelles.

Selon Jon, ce bâtiment sera beaucoup trop grand pour héberger l'unique banque du pays, un établissement qui ouvre ses portes seulement quelques jours par semaine et dont les réserves n'excèdent pas un million de couronnes. Bien sûr, on construit en pensant à l'avenir sur ce terrain municipal situé à la croisée des chemins, mais on pourrait sans doute envisager de voir une partie de ce palais dévolue à d'autres fonctions. Peut-être celle d'abriter les collections. Qui sont toujours cantonnées dans les greniers : dans les églises, au Parlement, et bientôt à la banque ? Jon répugne à cette idée. Ce n'est pas dans une banque que se conserve un patrimoine.

Le Gouverneur accueille chaleureusement le jeune membre de la coterie qui constitue l'élite de la nation. Jon est persuadé qu'il souhaite l'entretenir des affaires de la banque et des voix qui s'élèvent contre la politique financière islandaise. Mais ce n'est nullement le motif de la convocation qu'il a reçue de ce réactionnaire critiqué de manière récurrente en raison du manque d'intérêt qu'il manifeste pour l'avenir de son pays. Le Gouverneur veut lui parler de la réunion qui a eu lieu dans cette même pièce vers la fin de l'hiver, en rapport avec la lettre envoyée par le Dr. Finnsson et l'objet exposé au Metropolitan Museum, cette soirée où il a été question de Sigurlina et où on a décidé que Jon, en tant que membre du conseil d'administration de la Société d'archéologie d'Islande, se rendrait chez Brandur pour l'interroger sur les voyages de sa fille et sur un objet supposément dérobé au musée des Antiquités. La conversation que le Rédacteur avait eue avec le vieil homme ne lui avait pas appris grand-chose et l'affaire avait plus ou moins été oubliée. Mais voilà maintenant que le Gouverneur s'y intéresse à nouveau. Et il veut connaître la teneur exacte de leurs échanges.

Jon précise que Brandur était sur son lit de mort et qu'il lui a dit qu'à sa connaissance, aucun objet n'avait disparu des collections. Quant aux voyages de sa fille, il n'en savait pas plus que ce qu'elle avait écrit sur le message qu'elle lui avait laissé en partant. En l'occurrence, le vieil homme n'avait pas dit toute la vérité : la servante du Gouverneur, également nièce de Brandur, la jeune fille qui était partie aussi rapide que l'éclair affronter la nuit noire de Reykjavik, la neige et les congères, des chevaux affolés et une porteuse d'eau acerbe, avait rapporté à son oncle tout ce qui s'était dit pendant la réception. Tout du moins ce qu'elle avait entendu, postée derrière la porte du salon. Brandur n'ignorait pas ce que savait Jon dans cette affaire, mais ce n'était pas réciproque même si les grimaces sarcastiques du vieil homme mourant avaient éveillé les soupçons du jeune homme. Et en ce moment, le Gouverneur ignorait également ce que Jon savait : le jeune rédacteur affirmait ne pas se rappeler exactement ce que contenait le message que Brandur lui avait tendu, en dehors du fait que Sigurlina avait écrit qu'elle partait en Écosse et qu'elle prévoyait de rentrer au printemps. Or Jon se souvenait parfaitement de la teneur du message que Sigurlina avait laissé sur le bureau de son père. Le jeune homme avait en effet glissé le papier dans sa poche, profitant de ce que Brandur ne le voyait pas. Depuis, il l'avait lu et relu : *Mon cher papa, ne te mets pas en colère. J'ai décidé de me passer de ton autorisation pour satisfaire personnellement une requête qu'on t'a adressée. J'ai pris sur ton bureau la petite lettre qu'Hoffmann t'a envoyée de New York, et je compte accéder à son souhait en devenant sa secrétaire cet hiver. Je le fais pour toi, même si je sais à peine pourquoi.*

Jon avait ainsi acquis la certitude que Sigurlina et Selena se confondaient en une seule et même personne : elle avait été en relation avec Hoffmann et Brenda Anderson, et c'était elle qui avait vendu la boucle de ceinture au musée de New York. À n'en pas douter, cet objet provenait du musée des Antiquités de Reykjavik. C'était donc un jeu d'enfant de résoudre l'enquête pour vol, mais Jon n'avait pas l'intention de prêter main-forte à ces hommes. Il répondit qu'il ne pouvait pas en dire plus au Gouverneur, qui venait de se pencher pour chercher dans le tiroir de son bureau quelque chose qu'il y posa en demandant au Rédacteur de l'examiner. C'était un colis enveloppé de papier kraft, posté à New York et adressé à Selena Branson. Le Gouverneur précisa que le paquet avait attendu au bureau de poste pendant plusieurs semaines. Le receveur avait fini par le contacter après s'être décidé à l'ouvrir. Le Gouverneur sortit le contenu du colis et le tendit à Jon.

C'était un sac de femme, une besace en velours noir brodée d'une dryade à huit pétales, que Jon connaissait très bien. Il le porta machinalement à ses narines, l'odeur dont il avait gardé le souvenir avait disparu. Ce sac, il l'avait pris sur le guéridon, dans l'entrée de la maison de ses parents, rue Adalstræti, lorsque Sigurlina était partie comme une flèche après avoir dit quelque chose qu'il n'avait pas entendu, mais qui avait déclenché les rires de ses amis. Des mots censés être la réponse à la question qu'il avait posée sur l'avenir du pays islandais. Il avait suivi la jeune femme, craignant que l'hilarité de ses amis ne l'ait vexée. En la voyant marcher à toute vitesse dans la rue, si petite et pourtant si grande, il avait eu envie de sortir de sa réserve et de la serrer dans ses bras, de quitter la ville en courant à perdre haleine avec elle jusqu'à la rivière Ellidaa ou Dieu sait où. Et de s'endormir dans ses bras. Hélas, elle n'avait visiblement pas l'intention de se laisser rattraper. Elle s'était engouffrée dans la ruelle où il l'avait suivie sans hésiter. Il l'avait attrapée par l'épaule, elle s'était retournée en une volte-face puissante et élégante, comme si elle savait parfaitement qu'il était derrière elle. Le jeune homme était impressionné par ce visage qui le séduisait tant, il tenait à conserver son air distant et grave pour contrer son désir de lui dire de jolies choses – tous les mots qu'il pensait depuis si longtemps. Puis elle avait fait une drôle de frimousse, affichant une moue improbable, et s'était mise à rire.

Ce n'était pas la première fois qu'il la voyait grimacer ainsi, mais il ne comprenait toujours pas pourquoi ces mimiques étaient à ce point attirantes et enjôleuses. Il avait l'impression qu'elles recroquevillaient son esprit altier et réduisaient son intelligence à néant. Il s'était lui aussi mis à glousser. Cela lui avait procuré un étrange plaisir, c'était une libération, pourtant il ne se sentait pas vraiment libre, entièrement soumis qu'il était au pouvoir de cette étrange jeune femme. Elle ne ressemblait en rien à ces bas-bleus aux mains noircies d'encre. Elle était simplement intelligente de nature. Il s'était approché, avait pris entre ses mains son visage radieux et l'avait embrassée avec passion, puis l'avait à nouveau embrassée, avec toute la douceur possible, longuement, interminablement, jusqu'au moment où un imbécile avait hurlé dans la ruelle. Sigurlina s'était libérée de son étreinte et avait continué sa route vers sa petite maison.

La servante – la seule, l'unique – était entrée dans le salon du Gouverneur au moment où Jon prenait le sac sorti du colis en papier kraft. Surprise de constater que le Rédacteur était convoqué pour une telle broutille, elle avait feint d'être occupée pendant qu'il examinait la besace. Puis, voyant qu'il la tournait interminablement en la regardant sous toutes les coutures, le Gouverneur avait rompu le silence en lui demandant s'il la reconnaissait. La réponse de Jon ne fut pas franchement convaincante : "Pourquoi la reconnaîtrais-je ?" Le Gouverneur le pria d'examiner son contenu. Le jeune homme, trouvant plutôt déplacé de fouiller ce sac dans le bureau, détacha nerveusement le cordon qui le fermait, puis plongea sa main fine mais forte et en sortit un porte-plume, un peigne cassé, un minuscule carnet marqué du nom de Selena Branson, ce qui restait d'un crayon à papier, un mouchoir sale brodé d'un S et d'un B, un roman policier déchiqueté et quatre pennies. Juste avant qu'il ait fini de vider le sac, le maître des lieux remercia sa servante et lui fit signe qu'elle pouvait disposer.

Jon tenait entre ses doigts ce qui se trouvait au fond du sac, un objet qui avait la forme d'un petit rouleau. Une liasse de billets enroulée sur elle-même et retenue par un fil de soie rouge. Il l'observa en la retournant dans tous les sens et en regardant d'un air inquisiteur le Gouverneur qui répondit après un silence : "Quinze mille dollars !" La servante tapota des coussins et caressa l'assise d'un fauteuil.

Jon se redressa sur sa chaise :

– D'où sort tout cet argent ?

– De ce sac. Il est arrivé en Islande dans ce colis adressé à Selena Branson.

– Ah bon ?

– Oui, vous ne trouvez pas que cela tend à prouver que les informations communiquées par le Dr. Finnsson sont exactes et que ses questions sont justifiées ?

Jon était visiblement décontenancé.

– Je trouve que ce paquet resté si longtemps à la poste indique surtout qu'il est arrivé quelque chose à la propriétaire du sac. À Selena.

– Certes, en revanche le contenu confirme les déclarations du directeur de ce musée en Amérique et nous allons ouvrir une enquête pour vol de biens culturels. Nous disposons ici de toutes les preuves : le sac a été envoyé en Islande, ce qui ne laisse plus aucun doute, sa propriétaire est islandaise et c'est elle qui a vendu cette boucle de ceinture. Quant à la fleur brodée sur le tissu, elle est islandaise elle aussi, et elle attire la fortune sur celui qui la possède.

– Cette fleur ne pousse pas uniquement en Islande.

Le Gouverneur observa le jeune homme, la manière dont il remuait sur sa chaise, le regard fuyant. Puis, calé au fond de son fauteuil, il croisa les bras d'un air résolu.

– Je n'ai pas d'autre choix que de confisquer cet argent. Ces dollars iront alimenter les caisses du pays.

Le jeune homme plongea subitement ses yeux dans ceux de son interlocuteur.

– Si cela correspond à la somme reçue en paiement de l'objet, cet argent appartient au musée des Antiquités, n'est-ce pas ? demanda-t-il d'une voix ferme et claire.

Le Gouverneur ne s'attendait pas à cette réponse, il dissimula son désaccord sous un grand sourire, puis haussa ses larges épaules et ébaucha une grimace méfiante :

– Que suggérez-vous ? Je vous écoute !

Face au silence qui avait envahi le salon du plus haut représentant du roi en Islande, la servante n'osait plus se risquer à passer un œil par la porte entrouverte. Elle la referma en douceur et plaqua son oreille contre le battant. Jon toussota : "Comme vous le savez parfaitement…" Mais avant que la suite de la phrase ait réussi à traverser le salon jusqu'à la cloison et à l'oreille de la fille, une corne de brume résonna. Le bruit venu de loin était assez puissant et inattendu pour la faire sursauter et rompre le fil de la discussion. La main posée sur la poitrine, elle laissa échapper un juron et gagna la porte principale qui donnait sur la place Lækjartorg. Elle l'ouvrit et regarda vers la mer. Il y avait du brouillard à l'horizon.

Le navire approche des côtes après une semaine éprouvante sur l'océan. Chargé de marchandises et de gens de toutes sortes. Les passagers en petits groupes sur le pont sont de bonne humeur, de même que l'équipage. Installé à la poupe, le marchand danois trinque avec le géographe féroïen, le lieutenant de la marine française, le négociant en chocolat anglais, le prospecteur de minerai américain, le peintre écossais et l'archéologue islandais. À bâbord, en dessous d'un canot de sauvetage, sont assises l'encombrante épouse du marchand et deux jeunes femmes qui ont fait le voyage jusqu'en Amérique pour consulter des médecins et soigner leur essoufflement ou leurs jambes lourdes. Personne ne voit ce qui apparaît peu à peu derrière le banc de brume, sauf peut-être la passagère sans bagages qui s'est tenue à l'écart la plupart du temps depuis le début de la traversée.

Debout à la proue du navire, le dos droit, la tête haute, avec son chapeau miteux dont une des fleurs rouges dépasse du bord abîmé, elle regarde droit devant elle. Elle tapote par moments la poche de sa jupe en marmonnant quelques mots, puis quand elle aperçoit les montagnes qui surgissent de la brume et distingue l'assemblage de maisons en tourbe, basses et pauvres, au pied des collines pierreuses, elle se tait subitement. L'image est mystérieuse et comme sortie d'un rêve, pourtant elle est plus réelle que tout ce que ses yeux ont pu voir. Elle pense à l'histoire qu'elle a façonnée dans sa tête, à ses allées et venues, perdue dans les merveilles et les labyrinthes d'une ville étrangère. À la vue de la terre qui s'offre maintenant à elle, il lui semble presque impossible que son récit reflète le réel avec tous les hasards incroyables qui le ponctuent. Toutes ces coïncidences. Tous ces rebondissements improbables. Ne peut-on supposer que, si elle la raconte, cette aventure née sur un coup de tête ressemble à s'y tromper à un roman de gare ?

BIBLIOTHÈQUE NORDIQUE

Gudbergur BERGSSON
Deuil
Il n'en revint que trois

Steinar BRAGI
Installation
Excursion

Jens-Martin ERIKSEN
Anatomie du bourreau

Arnaldur INDRIDASON
La Cité des jarres
La Femme en vert
La Voix
L'Homme du lac
Hiver arctique
Hypothermie
La Rivière noire
Bettý
La Muraille de lave
Étranges rivages
Le Livre du Roi
Le Duel
Les Nuits de Reykjavik
Opération Napoléon
Le Lagon noir
Dans l'ombre
La Femme de l'ombre
Passage des Ombres

Les Fils de la poussière
Ce que savait la nuit
Les Roses de la nuit
Les Fantômes de Reykjavik
La Pierre du remords
Le Mur des silences
Le Roi et l'Horloger

Vagn Predbjørn JENSEN
Le Phare de l'Atlantide

Eiríkur Örn NORÐDAHL
Illska
Heimska
Gaeska
Troll

Lilja SIGURDARDÓTTIR
Piégée
Le Filet
La Cage
Trahison
Froid comme l'enfer

Arni THORARINSSON
Le Temps de la sorcière
Le Dresseur d'insectes
Le Septième Fils
L'Ange du matin
L'Ombre des chats
Le Crime
Treize jours

Cet ouvrage a été composé par
Atlant'Communication
au Bernard (Vendée)

ACHEVÉ D'IMPRIMER SUR ROTO-PAGE
PAR L'IMPRIMERIE FLOCH À MAYENNE
EN NOVEMBRE 2022

N° d'édition : 2848001 – N° d'impression : 101482
Dépôt légal : janvier 2023

Imprimé en France